ZEIT

CODE

AXEL ALDENHOVEN

ZEIT CODE

Erstausgabe März 2023

Axel Aldenhoven
Johannesweg 11
51061 Köln
Covergestaltung: Axel Aldenhoven via midjourney
Korrektorat: Gernot Sary

info@axelschreibt.de
Axelschreibt.de

Für den Frieden

EINS
BESUCH VON IRGENDWANN

Als hätte der Tag nicht schon beschissen genug angefangen ... da stand plötzlich dieser Typ vor mir. Bestimmt ein Cosplayer, zumindest sah er irgendwie so aus. Sein lächerlicher Hipster-Bart verdeckte kaum die Attrappe einer Taschenuhr, die er vor der Brust trug. Ich hatte auch noch nie so kleine, abstehende Ohren gesehen. Er erinnerte mich an den Fozzybear aus der Sesamstraße. So ein dümmlicher Gesichtsausdruck und ein albernes schwarzes Hütchen auf dem Kopf. Ja, genau wie Fozzybear in schwarz-weiß. Und dann diese lächerliche Verkleidung. Vielleicht hat er dafür den Altkleidersack seines Großvaters geplündert. Wer weiß, welche Figur er nachmachen wollte? Es war mir auch völlig egal. Mir war übel und ich wollte einen Kaffee. Meine Kaffeemaschine zu Hause flehte mich schon seit einiger Zeit an, das Reinigungsprogramm zu starten. Ich hatte es einfach nicht geschafft, den Mist in Gang zu bringen. Ich war zu müde gewesen, um mich damit zu beschäftigen. Also bin ich runter zu Pete in das kleine, schlecht besuchte Café gegangen. Ich weiß nicht, warum ich dort nie jemanden getroffen habe, am Kaffee konnte es nicht liegen, der war okay. Aber ich konnte ihn nicht in Ruhe trinken. Alles, woran ich denken konnte, war, wie sehr ich die Person hassen würde, die gerade neben mir an der Bar angekommen war. Was hatte der für ein Problem? Warum wollte er mir den Tag noch schlimmer machen? Langsam wurde ich richtig wütend und dieses Gefühl verstärkte sich noch, als ich sah, wie er anfing zu lächeln. »Ich nehme auch einen Kaffee.« Er schien so zufrieden mit sich zu sein. Er sah mich an, als wäre er sicher, dass ich ihm in die Arme fallen und ihm danken würde, dass er mich bemerkt hatte. Ich hätte ihn ausgelacht, aber es ist nicht sehr nett, jemanden auszulachen. Also tat ich es nicht. Stattdessen versuchte ich, ihn zu ignorieren und meinen Kaffee weiter zu trinken.

»Guten Morgen, Mike.«

Woher kannte dieser Hipster meinen Namen? Erstaunt musterte ich ihn von oben bis unten. Die Uhren, die er um den Hals trug, waren keine Attrappen, ich konnte kleine Zahnräder erkennen, die sich munter drehten. Sie sahen aus wie die protzige Rolex meines Chefs. Neben den üblichen Zahlen waren auch Buchstaben eingraviert. Jede Uhr war mit einem eigenen Uhrwerk ausgestattet.

»Willst du mir was verkaufen?«

Er antwortete, ohne mich anzusehen. »Ich bin ein Retter«, sagte er. Wieder ein Lächeln auf seinem Gesicht.

»Irgendeine Sekte?«, fragte ich.

Sein Grinsen verschwand. »Nein. Du bist Mike Westwing, oder? Das System hat mich zu dir geschickt. Die können sich nicht irren. Obwohl du gar nicht so aussiehst, als hättest du dein Leben lang nur für Bücher existiert.« Er schien seine Worte zu bereuen. »Ich schätze, ich muss anders anfangen. Ich bin Agent Smith …«

Ich brach in schallendes Gelächter aus, das in einen

Hustenanfall überging. »Agent Smith. Könnt ihr euch bei der CIA nicht etwas anderes einfallen lassen? Und was zum Teufel willst du von mir, Agent?«

»Es wäre einfacher, wenn du mit mir kommst. In einer Stunde wirst du wissen, wie ich wirklich heiße, und dein bisheriges Leben langweilig finden. Was sagst du dazu?« Sein prüfender Blick ging mir auf die Nerven, eigentlich alles an ihm. Vielleicht hatte er es gemerkt, denn plötzlich änderte er seine Meinung. »Ich weiß nicht, wie viel ich dir über meine Aufgabe erzählen darf. Ich will keinen Ärger, aber... du bist skeptisch, also werde ich dir eine kleine Demonstration meiner Fähigkeiten geben.«

Ich nickte. Also los, überrasche einen alten Mann, der schon alles gesehen hat.

»Seit vierhundert Jahren bin ich Zeitagent und rette die Lebenden der vergangenen Zeiten. Vor jeder Rettung...«

»Moment mal. Zeitagent? Du willst mich doch verarschen. Das ist doch so was wie versteckte Kamera, oder?«

Seit zweiunddreißig Jahren arbeite ich für eine kleine Agentur, die sich ausschließlich um Historiker kümmert. Das ist mein Leben. Sprachen, Schriften, Hieroglyphen ... es ist wie ein Sprachkurs in einem Buch. Ich verbringe acht Stunden am Tag am Schreibtisch und lese über die Geschichte der Welt. Nach zwei Jahren Studium dachte ich, dass ich das Thema beherrsche. Aber dann wurde ich von einer kleinen Agentur angeheuert, die sich auf die verrücktesten Schriften spezialisiert hatte. Es war zu schön, um wahr zu sein. Ich wusste nicht, wie man etwas macht, ich hatte überhaupt keine Fähigkeiten. Also musste ich mich beweisen. Ich ging zum Vorstellungsgespräch, und die erste Frage war, welche Sprachen ich beherrsche. Ich antwortete: Englisch, Russisch, Französisch, Spanisch und

Chinesisch. Dann fragten sie mich, was ich lesen kann und hatten irgendwas von Paläografie gefaselt. Damals war das für mich ein unbekannter Begriff. Ich sagte also, ich könne alles lesen, von alten Texten bis zu modernen Romanen. So bin ich damals bei Bertslon gelandet. Die wollten sich nicht einmal meinen Lebenslauf ansehen. Und jetzt sitzt mir da so ein Hipster gegenüber, der behauptet, ein Zeitagent zu sein. Der alte Thyson steckt dahinter, dachte ich mir. Der ging mir mit seinen Scherzen richtig auf die Nerven.

»Sieh genau hin!« Der Fremde warf seinen Kaffeebecher in die Luft und richtete gleich darauf eine seiner Uhren auf das fliegende Objekt. Der Becher blieb - ich weiß nicht, wie ich es erklären soll - mitten in der Luft stehen. So etwas hatte ich noch nie gesehen. Hatte der Fremde wirklich Macht über die Zeit?

»Das ist ein Trick! Du hast mir etwas in den Kaffee geschüttet.«

»Schau!«

Langsam senkte sich der Becher, dessen Inhalt wie in einem Rückwärtsvideo zurückkroch. Am Ende seines Kunststücks angekommen, hatte Agent Smith ihn wieder in der Hand und schlürfte lautstark die Crema. »Zeit ist keine Konstante wie alles andere im Universum. Wenn Menschen über Zeit nachdenken, konzentrieren sie sich meist darauf, wie schnell oder langsam sie sich bewegt. Aber Zeit ist mehr als ein Konzept. Sie hat reale Eigenschaften. Eine dieser Eigenschaften ist ihre Relativität. Sie bewegt sich im Allgemeinen auf eine Art und Weise, die es uns leichter macht, sie zu verstehen. Wir können zum Beispiel über den Unterschied zwischen ›jetzt‹ und ›nächstes Jahr‹ sprechen, weil diese beiden Zeitpunkte nahe beieinander liegen. Wir sagen, dass ›jetzt‹ die Gegenwart und ›nächstes Jahr‹ die Zukunft ist. Das bedeutet, dass sich die Zeit nur in eine Richtung bewegen kann - in die Zukunft. Aber was ist, wenn du jetzt an den Becher denkst? Müsste er nicht auf dem Boden stehen und leer sein?« Wieder trank Smith. Offenbar wollte er mir Zeit geben, das Gesehene zu verarbeiten.

»Warum kommst du gerade jetzt? Wäre es sonst zu spät?« Stand mein Tod unmittelbar bevor und Smith war gekommen, um mich kurz davor zu retten?

»Das wird dir banal vorkommen. Ich mag den Kaffee hier.« Wieder trank er.

»Egal, wie banal es ist ... sag es mir.«

»Ich mag den Kaffee hier. Das ist alles. Es ist keine bestimmte Zeit festgelegt. Natürlich musste ich dich holen, bevor du tot warst. Außerdem hätte es keinen Sinn gemacht, dich als Kind zu holen. Unwissend wärst du kein Kandidat für ...«

»Für was? Irgendeine Quizshow mit Buzzer?«

»Ich habe schon zu viel gesagt. Nur noch eines: Manchmal stellen wir Fragen über das, was wir tun, denken oder fühlen, nur um der Frage willen. Diese Fragen nennt man Warum-Fragen. Die meisten Menschen stellen solche Fragen aus Neugier. Manche neigen jedoch dazu, diese Fragen zu stellen, weil sie wissen wollen, warum etwas passiert ist oder gerade passiert. Diese Fragen können in bestimmten Beziehungen zu Problemen führen. Sie können auch Probleme verursachen, wenn du jemandem eine ›Warum‹-Frage auf unhöfliche Weise stellst. Wenn du zum Beispiel fragst: ›Warum bist du hergekommen?‹, kann das als unhöflich empfunden werden. Das liegt daran, dass die Person vielleicht gekommen ist, um dich zu sehen, und es ist nicht fair, jemanden zu fragen, warum er zu dir gekommen ist. Statt ›Warum‹-Fragen zu stellen, solltest du ›Wie‹-Fragen stellen. Eine ›Wie‹-Frage kann dir helfen zu verstehen, was jemand denkt oder fühlt. Wenn du zum Beispiel einen Freund oder eine Freundin hast, der oder die traurig zu sein scheint, kannst du eine ›Wie‹-Frage stellen, zum Beispiel: ›Wie ist dein Tag?‹ Wenn die Person dir sagt, dass sie einen wirklich schlechten Tag hat, kannst du sie aufmuntern, indem du ›Wie‹-Fragen stellst. Wenn du einen schlechten Tag hast, kannst du dich selbst mit ›Wie‹-Fragen aufmuntern.«

»Bist du fertig, Siri?«

»Ich verstehe nicht, was du meinst…«

»Egal. Komm, lass uns gehen. Schlimmer kann es sowieso nicht werden.« Ich stellte meinen halbvollen Becher auf den Tresen und zögerte einen Moment. »Gibt es da ... wo auch immer wir hingehen ... gibt es da Kaffee?«

»Nein, aber so etwas Ähnliches.«

»So ein Mist. Kein Kaffee. Bücher! Was ist mit Büchern?«

»Mehr als du jemals lesen kannst.« Agent Smith lächelte ein Zahnpasta-Werbelächeln. Irgendwie war mir dieser seltsame Mensch sympathisch.

ZWEI
EIN KLEINER SCHRITT IN FERNE ZEITEN

Ich hatte erwartet, dass Zeitagent Smith etwas mit seiner komischen Uhr anstellen würde, aber stattdessen rief er uns ein ganz normales Taxi.

»750 Dalton Ave, bitte«, rief er dem Fahrer zu, nachdem er sich zu mir auf den Rücksitz gesetzt hatte.

»Wissen Sie, dass der Laden dort vor einem Jahr pleitegegangen ist?«

»Das ist mir bekannt. Danke für den Hinweis.«

Der Taxifahrer war ein älterer, fetter Kerl, der die Vorderbank des Wagens als Tablett für seine Zwölferpackung Donuts benutzte. Nicht zum ersten Mal, wie mir der Müllberg im Fußraum des Beifahrersitzes verriet. War mir egal. Ich habe mich noch nie für andere Menschen interessiert. Ein verletzter Vogel ... eine streunende Katze ... denen hatte ich schon geholfen. Aber Menschen? So ist das nun mal: Kinder machen nur alles kaputt und schreien von morgens bis abends. Die Männer, die ich kenne, interessieren sich nur für Sportergebnisse und Saufen. Und die Frauen? Alle Frauen, außer natürlich meine verstorbene Frau Peggy, machen mir nur Ärger. Nee, lass mal, das brauche ich nicht.

»Gibt es da, wo wir hinfahren, auch Tiere?«, fragte ich Smith. Die Frage schien ihn zu beunruhigen, denn er beugte sich zu mir herüber.

»Ja, die gibt es. Aber ich möchte dich bitten, keine weiteren Fragen zu stellen, bis wir am Tor angekommen sind. Danach werde ich alle deine Fragen beantworten. Das verspreche ich dir.«

Ich nickte und sah mich um. Wir waren immer noch auf dem Highway und außer ein paar alten Lastwagen war kaum ein Auto zu sehen. Vielleicht hatte sich Smith geirrt und wir waren auf dem falschen Weg. Was wollte er in einem geschlossenen, leeren Hilti-Markt? Ich hatte keinen Zweifel daran, dass er wusste, wovon er sprach, aber ich konnte mir keinen Reim darauf machen. Ich lehnte mich an die Rückenlehne und beobachtete eine Weile den Fahrer, der sich noch einen Donut genehmigte. *Grunzt wie ein Schwein.* Smith hatte mir noch zugeflüstert, ich solle warten, bis wir am Tor seien. Was für ein Portal, dachte ich, obwohl es nur eine logische Erklärung gab. Ein Portal in eine andere Zeit. Davon hatte ich schon mal gehört, aber das war in einem Science-Fiction-Roman.

Wenige Minuten später hielt der Fahrer auf einem leeren Parkplatz vor dem ehemaligen Geschäft. Alle Firmenschilder waren abmontiert. Das Gebäude wirkte irgendwie nackt.

Smith stieg unter dem Protest des Fahrers aus. »Hey, Junge. Erst bezahlen!«

»Wie viel?«, fragte ich.

»26 Dollar und 30 Cent.«

Ich gab ihm 30 und sagte: »Behalte den Rest.« Nicht weil ich großzügig war, sondern weil ich gesehen hatte, wie seine Finger aussahen. Fettverschmiert und mit entzündeten Nagelbetten. Wie kann man sich nur so vernachlässigen?

»Kommst du, Mike?« Er tat fast so, als würden wir uns schon ewig kennen ... obwohl ... hey, das ist verrückt. Vielleicht waren wir in der Zukunft gute Kumpel, also in meiner Zukunft, die ich noch nicht erlebt habe. Ich sollte aufhören, mir den Kopf zu zerbrechen.

Jetzt, wo niemand mehr in der Nähe war, konnte ich ihm endlich ein paar Fragen stellen: »Wie heißt du eigentlich mit Vornamen?«

»Smith reicht. Wenn du ankommst, wirst du es verstehen. Ich brauchte diesen Namen nur für unseren ersten Kontakt, um mich dir vorzustellen. Jetzt würdest du dir die Zunge brechen, wenn du versuchen würdest, meinen Namen in meiner Sprache auszusprechen.«

»Du kommst also nicht von hier? Ich meine ... du bist kein Mensch?«

»Das sind zwei Fragen. Die erste beantworte ich mit Ja und die zweite kann ich nicht beantworten. Im Moment bin ich zu 100% ein Mensch.«

»Das ist alles sehr verwirrend. Hey, was machst du da? Wir kriegen bestimmt Ärger, wenn wir hier einfach so einbrechen.«

»Ich habe einen Schlüssel, keine Sorge. Der Verwalter hat zwar komisch reagiert, als ich die Immobilie bei ihm angemietet und ihn gleichzeitig darum gebeten habe, keine Fragen zu stellen, aber mit Geld bekommt man in eurer Zeit alles.«

»Sag mal, Smith. Ist das das einzige ... Portal?«

»Derzeit gibt es dreißig, die über die ganze Welt verteilt sind. Eines ist hier, ein anderes zum Beispiel in Brasilien... Es ist besser, nicht zu wissen, wo und wann sie sind. Sie sind alle täglich zu unterschiedlichen Zeiten geöffnet. Vor ein paar Wochen war ich dabei, als ein Portal aufgebaut wurde. Das musst du sehen. In der einen Minute ist da nichts und in der nächsten ist da dieses riesige Tor. Das ist einfach...« Sein Lächeln verschwand. »Ich langweile dich.«

»Ich würde es jetzt nicht so ausdrücken, aber ... Mann ... ich kapiere gar nichts mehr. Da vorne steht so ein Ding. Das war beim Ausverkauf bestimmt nicht da, daran hätte ich mich erinnert. Aber es sieht trotzdem so aus, als würde es schon ewig da stehen.«

»Beeindruckend, nicht wahr?« Smith machte sich langsam auf den Weg, nachdem er sich vergewissert hatte, dass er den Eingang des großen Lagerhauses wieder abgeschlossen hatte.

Meine Schritte fühlten sich langsam und schwer an, als ich auf das Tor zuging. Ich hatte ein komisches Gefühl in der Magengegend. *Ich muss noch müde sein*, dachte ich. Ich blieb kurz stehen, um Luft zu holen. Plötzlich blies mir ein Windstoß ins Gesicht. Das Tor schien sich geöffnet zu haben.

»Keine Angst. Ich mache das nicht zum ersten Mal.«

»Das warst du? Du hast das Ding aktiviert?«

»Ja.«

»Scheiße! Du hättest mich warnen können.«

»Ich dachte, du stehst auf Action?«

»Scheiße, ja!«

»Ich soll dich daran erinnern, nicht so viel zu fluchen.« Smith grinste wieder so, dass das Glitzern des Portals in seinen Zähnen aufblitzte.

»Ich kann mich nicht daran erinnern, aber du hast recht. Ich bin einfach so aufgeregt. Wo bringt es mich hin?«

»Eigentlich nicht weit weg von hier. Etwa 400 Meilen. Aber du solltest lieber fragen, nach wann es uns bringt.«

»Nach wann?«

»Ungefähr 40.000 Jahre in die Zukunft. Auf den Tag kommt es wohl nicht an.«

Ich stützte mich für einen Moment auf seinen Arm. Mir war übel, schwindelig und ich hatte diese pochenden Kopfschmerzen. »Gibt es da, wo wir hingehen, Kopfschmerztabletten?«

»Die brauchst du nicht. Das kommt von dem Pulver, das ich dir vorhin in den Kaffee getan habe.«

»Du hast was?«

»So was wie eine Tablette gegen Reisekrankheit. Das wird ein ganz schöner Sprung, Mike. Komm, nimm meine Hand. Wenn wir durch sind, gehen wir einfach weiter, egal wie schmerzhaft es ist. Wir werden empfangen und sofort behandelt.«

»Schmerzhaft? Vielleicht sagst du mir vorher, worauf ich mich einlasse.«

»Glaub mir, es ist besser, wenn ich es nicht tue. Vertrau mir. Und noch etwas. Nicht alles, was wie ein Tier aussieht, ist auch eins, also frag mich besser, bevor du irgendetwas Wichtiges streichelst.« Smith stand auf dem Rand der Portalplattform und streckte mir seine Hand entgegen.

Ich vertraute ihm, was blieb mir anderes übrig?

DREI
DIE LETZTE STADT AUF ERDEN

»Atmen und weitergehen. Zuerst weitergehen, die Atmung setzt etwas verzögert ein.«

Als ich wieder zu mir kam, fühlte ich mich wie nach der Vollnarkose ... bei der letzten Darmspiegelung. Die Dosis, die man mir damals verabreicht hatte, war wohl etwas zu hoch gewesen. Mein Mund war völlig ausgetrocknet, aber viel schlimmer war, dass ich mich kaum bewegen konnte. Na ja, damals, als das Gefühl in meine Finger zurückgekehrt war, habe ich mir zwischen die Beine gefasst. Sicher ist sicher. Das wollte ich heute auch machen, aber es bewegte sich nichts. Obwohl ich meinen ganzen Oberkörper spüren konnte, schien es mir unmöglich, mich zu bewegen. Ich war wie versteinert ... oder nein, eingefroren trifft es besser. Links und rechts von mir standen uniformierte Hummer, die mich an den Armen packten und nach vorne drückten.

»Halt, ich falle!«, wollte ich schreien, aber mein Mund bewegte sich nicht. Meine Arme, die ich nach vorne werfen wollte, um den Sturz abzufangen, reagierten nicht. Ich fiel nicht. Meine Beine federten bei den ersten Schritten, fast wie beim alten George Landsman, wenn er einen Moment gestanden hatte. »Scheiß Parkinson«, hatte er dann immer gemurmelt. Ja, so muss es sich anfühlen. Ein paar stolpernde Schritte und dann ging alles wie von selbst. Ich schüttelte mich von den beiden Hummern ab, atmete tief durch und kotzte gleich darauf meinen Kaffee auf den Boden.

»Beim ersten Mal hat noch keiner was bei sich behalten«, versuchte Smith mich aufzumuntern. Ich sah zu ihm auf und blickte in schwarze Facettenaugen und ein Gesicht, das entfernt an einen Frosch erinnerte, dem Salvador Dali ein humanoides Aussehen verpasst hatte. »Danke, ihr beiden. Sehen wir uns nachher im Zwitscher?«

»Klar«, antworteten die Hummer im Chor und wandten sich ab.

»Die sind nicht sehr gesprächig, tauen erst nach dem zweiten oder dritten Drink auf, aber dann sind sie nicht mehr zu bremsen.«

»Waren das Hummer? Ich mag Hummer.«

»Mike, um unnötigen Ärger zu vermeiden, solltest du mich immer fragen, ob dein Gegenüber ein Tier ist oder nicht. In der Regel kannst du davon ausgehen, dass es keines ist, wenn es Kleidung trägt.«

»Ich…«, weiter kam ich im ersten Moment nicht, weil mir vor Staunen die Worte fehlten. Erst jetzt wurde mir bewusst, wie schön es hier war. »Sind wir auf der Erde?«

»Ja, das habe ich dir schon vor 40.000 Jahren gesagt. Wir sind nur einen Katzensprung von deiner Heimat entfernt, aber die gibt es nicht mehr. Ehrlich gesagt, besteht die Erde nur noch aus ein paar Weltraumhäfen. Wir sind im größten angekommen. Es ist ein enormer logistischer Aufwand, die Menschheit aus ihren Zeitebenen zu retten, ohne dabei temporalen Schaden anzurichten. In unmittelbarer Nähe des transgalaktischen Weltraumhafens 846 wurde dafür die Terranische Zeitbehörde eingerichtet. Hier wird entschieden, wer wann von wo geholt wird und wie dieser Raum-Zeit-Materie-Energieausgleich ... Ich hasse dieses Behörden-Kauderwelsch ... Ich nenne es mal so: Die Behörde sorgt für Stabilität.«

Ich schaute mich um. Der Himmel war kaum zu sehen, so hoch waren die Gebäude. Eine Vielzahl von Lebewesen und Robotern schlängelte sich zwischen den ... ich würde sagen, den Füßen ... zwischen den Füßen der gigantischen, asymmetrischen, aber natürlich wirkenden Wolkenkratzer hindurch. Ich konnte mir nicht erklären, warum mich das so sehr an den spanischen Künstler Gaudi erinnerte. Wahrscheinlich lag es an den Formen der Gebäude. Parallel dazu bildete sich ein anderer Gedanke, der mir Adrenalin in die Adern schießen ließ. Ich hatte die Zeitung nicht abbestellt! Eigentlich steht das auf meiner Checkliste, bevor ich in den Urlaub fahre. Aber dies war kein gewöhnlicher Urlaub. Ich hatte das sichere Gefühl, dass ich nie wieder zurückkehren würde ... zurück in mein altes Leben, zu all den kleinen Lächerlichkeiten, die meinen Alltag ausmachten. Da war die nette Frau Winters, die mir fast jeden Morgen im Flur auflauerte, um mir etwas über das Wetter zu erzählen. Der Straßenköter, über den ich ab und zu stolperte, weil er es sich direkt vor unserer Haustür auf der muffigen Fußmatte bequem gemacht hatte. Die Kassiererin im Supermarkt, mit der ich seit Jahren flirtete, obwohl ich wusste, dass es nur Plattitüden waren. Aber das alles spielte in diesem Moment keine Rolle, auch wenn es in meinem Kopf so war, als würden Hornissen um den goldenen Buzzer wetteifern, weil sie alle an diesem lebensverändernden Wettbewerb teilnahmen.

Fliegende Fahrzeuge hatte ich erwartet, auch andere

Spezies ... das wusste ich seit Area 51 ... aber mit einem hatte ich nicht gerechnet: Es war absolut still. Nur Zeitagent Smith konnte ich hören. Nicht einmal meine sonst immer quietschenden Schuhe oder das Rascheln meiner Jacke. Auch mein Asthma hörte ich nicht mehr ... und mein Tinnitus war weg.

»Sag mal, Agent...«

»Ja?«

»Ich höre keinen Lärm.«

»Ja. Das ist ein großer Vorteil der fortgeschrittenen Technologie. Du wurdest bei deiner Ankunft von ein paar Mikroben befreit und hast ein paar Milliarden Zeptopiden eingeatmet.«

»Ich habe was?« Kaum war die Frage in meinem Kopf, wusste ich auch schon, was ein Zeptopid war. Es waren winzige Computerdrohnen, die sich organisch vermehrten. Sie waren von der Spezies der Klez in die transdimensionale Verbindung gebracht worden. Die Klez, halborganische Wesen, fast so alt wie die ältesten bekannten Universen unserer... »Smith!«

»Was?« »Kann ich das irgendwo...« Abstellen! So einfach war das. Was auch immer sich in mir eingenistet hatte, es gab mir einige Fähigkeiten, auf die ich gerne verzichtet hätte. Kein Siri, keine Alexa und schon gar nicht so ein Google-Ding wollte ich in meinem Haus haben. Jetzt hatte ich so ein Ding in mir und das gefiel mir gar nicht.

»Du wirst dich daran gewöhnen, Mike. Bald merkst du gar nicht mehr, dass die immer da sind und deine Fragen beantworten.«

»Ganz bestimmt nicht, Smith. Zum Glück gibt es den russischen Erfinder Poweronoff.«

»Ich kenne mich mit der Geschichte der Erde bestens aus, aber von dem Erfinder habe ich noch nichts gehört.«

»Power on / off«, rief ich und zeichnete den Schrägstich in die Luft. Mein Lachen blieb einsam und klang eher, als hätte ich es in ein Kissen gehaucht. Smith verzog sein Froschmaul kein bisschen.

»Das war ein Witz, oder?«

»Vergiss es.« Kaum hatte ich das gesagt, zog mich dieser Smith-Frosch über die ... nennen wir es Straße, auf der sich so etwas wie ein Lastwagen bedrohlich näherte. »Pass auf!«, rief ich wieder in mein Kissen und wurde von Smith angeglubscht, als der Schwertransporter uns traf ... oder hätte treffen sollen, denn außer einem leichten Windzug spürte ich nichts.

»Schon mal was von Quantenverschiebung und Wechselwirkung gehört? Frag deine Bots.«

Das tat ich und mir wurde sofort klar, dass wir eigentlich schon auf der anderen Straßenseite waren, als wir losgegangen sind. Es war sozusagen schon längst passiert. Der Moment, den ich scheinbar erlebt hatte, existierte in unserem kausalen Raum nicht. Wir hatten uns also nicht von A nach B bewegt, aber aus Gewohnheit hatte mir mein Verstand dies vorgegaukelt. In Wirklichkeit waren wir gleichzeitig an A und B, und der Lastwagen fuhr nur durch eine Spur unserer Quantenverschiebung. Ja, Verschiebung, nicht Verschränkung. Das hat etwas mit Multidimensionalität zu tun und ist für den menschlichen Verstand - auch für meinen - nicht erklärbar. Wenn es jemand verstehen kann, dann vielleicht mit Hilfe von Hilbert-Räumen, aber an dieser Stelle breche ich meine Gedanken ab. Siri, verdammt, ich hasse das.

»Okay, mein lieber Agent. Folgendes ist passiert: Wir waren schon drüben und sind noch nicht rübergegangen.«

»Genau.«

»Warum hatte ich dann das Gefühl, auf der Straße zu stehen?«

»Da kannst du dich bei deinem beschränkten Verstand bedanken, lieber Mike. Er lässt einfach nicht zu, dass es einen translokalen Materiezustand gibt.«

»Translo... ich will es nicht wissen.«

»Können wir dann? Deine Zuteilung wartet ... ich bin spät dran für die nächste Eskorte.«

»Geh du nur. Siri und ich schaffen das schon. Aber ... ich habe noch eine Frage: Passiert das jetzt wirklich? Ich meine diese Zeitreise ... ich bin doch nicht auf irgendeinem Drogentrip?«

»Mike. Es ist klar, dass du Zweifel hast. Lass mich dir ein paar grundlegende Dinge erklären. Nach einer Zeitreise hat man Erinnerungen an das, was man in der Vergangenheit erlebt hat. Zeitreisen sind in unserer Welt eigentlich nicht möglich, aber es lässt sich nicht leugnen, dass wir vorhin durch die Zeit gereist sind und uns an vergangene Erlebnisse erinnern. Einige Wissenschaftler sagen, dass Zeitreisen unmöglich sind, weil dies bedeuten würde, dass es mehr als die bekannten Dimensionen im Universum gibt. Für sie ist die Zeit immer noch eine Konstante. Wir haben es geschafft, durch die Zeit zu reisen, obwohl Zeitreisen dort, wo du herkommst, noch nicht bewiesen sind. Einige Leute glauben, dass sie möglich sind, was im Umkehrschluss bedeutet, dass sie recht ha...«

»Hör auf ... bitte. Ich glaube so langsam, dass dir die vielen Zeitreisen auf dein Oberstübchen geschlagen sind.«

»Das ist ganz und gar im Rahmen der evidenzbasierten Beweisführung...«

»Danke, Mr. Data. Wegtreten!« Tatsächlich wandte sich Zeitagent Smith, der Froschmann, von mir ab und überquerte grußlos die vielbefahrene ... nein, er ... jedenfalls entfernte er sich von mir. Ich ging in mich und konnte den Bots nicht ausweichen. Mein Termin bei Beraterin X7-IPO-12 war schon überfällig. Vor mir bildeten sich blaue Pfeile, die mir die Richtung wiesen. Ein unhöflicher, negativ ansteigender Countdown signalisierte mir meine Verspätung. Auch in der Zukunft hatten die Leute keine Zeit.

VIER
BERATERIN X7-IPO-12

»Hallo Mike, ich bin X7-IPO-12, du kannst mich Xipo nennen«.

»Xipo. Wow, ist es normal, dass du keinen Unterleib hast?« Ich schaute an ihr herunter. Auf den ersten Blick sah sie aus wie eine Frau, die in einem Friseursalon unter einer Trockenhaube sitzt. Ich meine diese alten Dinger aus den Siebzigern.

Es gibt viele verschiedene Arten und Weisen, wie man eine solche Frau betrachten kann. Man könnte sie für ein mechanisches Ding halten, sie vielleicht lustig finden. Mein erster Gedanke war, dass sie einfach etwas war, das ein bisschen anders aussah. Man merkte, dass es ihr egal war, was andere über sie dachten. Ich stellte mir einfach vor, dass sie eine Fantasie war.

Wenn man jung ist, denkt man vor allem daran, Spaß zu haben und das Leben zu genießen. Wir wollen mit unseren Freunden zusammen sein und unseren Job machen. All das hält uns auf Trab. Aber wenn wir älter werden, haben wir mehr Zeit für uns selbst. Diese Zeit verbringen wir damit, über unsere vergangenen

Erfahrungen nachzudenken. Das führt dazu, dass viele von uns Fantasien haben, die meistens nichts anderes sind als Erinnerungen, die uns wieder in den Sinn kommen. Menschen, die wir einmal gekannt haben, die aber nicht mehr am Leben sind. Bei Xipo war es die kleine Jenny aus der Militärkantine. Ich hätte sie gerne mal gefickt, aber ich dachte immer an den Ärger, den das geben würde. Also war ich ein bisschen froh, dass diese Version meiner Kassenjenny keinen Unterleib hatte.

Manchmal erinnere ich mich an Variationen meiner erlebten Vergangenheit. Ich meine Träume über Leute, die ich kannte. In einigen hatte ich Sex mit Jenny. Und genau das kam jetzt wieder in mir hoch und verursachte ein bitteres Gefühl des Bedauerns. Dieses Bedauern galt nicht der halben Kassenjenny. Nein. Mir wurde klar, dass es jetzt zu spät war und ich die Möglichkeit, mit Jenny, der echten Jenny, Sex zu haben, vertan hatte. Wie dumm von mir, mich wegen meiner Fantasien schuldig zu fühlen. Träume konnten verdammt real sein ... Wer sagt mir, dass das kein Traum ist? Warum sieht diese Roboterfrau, die nach einem Sturmfeuerzeug benannt ist, meiner Jenny zum Verwechseln ähnlich? Scheiße, bei solchen Gedanken könnte ich wieder depressiv werden.

»Alles in Ordnung, Mike?«

»Äh ... Ja, glaube ich. Ja, ich denke schon.«

»Ich bin deine Integrationsberaterin. Du kannst mich alles fragen. Ich habe auch ein paar Fragen an dich. Nach unserem Gespräch wird mein Speicher gelöscht, es sei denn, du bist jetzt damit einverstanden, dass unser Gespräch zu Schulungszwecken aufgezeichnet wird.«

»Das ist jetzt nicht dein Ernst?«

»Was?«

»Das mit den Schulungszwecken.«

»Warum sollte das nicht mein Ernst sein? Mein System ist serviceorientiert und immer daran interessiert…«

»Ich bin gegen die Aufzeichnung unseres … GESPRÄCHS …«

»Warum betonst du das Wort Gespräch so, Mike? Hast du das Gefühl, dass wir nicht miteinander kommunizieren, weil ich nicht organisch bin?«

Dieser Blick! Den kannte ich von dem Mädchen an der Kasse. Gleich würde sie anfangen zu heulen und so tun, als hätte sie Heuschnupfen, obwohl sie keinen hatte. Zumindest dachte ich das immer. Moment mal. Können Androiden und Roboter Heuschnupfen haben? Ich meine, warum nicht? Die simulieren doch sonst alles. Ja, die können Heuschnupfen bekommen.

Von mir aus kann jeder humanoide Roboter Heuschnupfen bekommen. Heuschnupfen ist eine weit verbreitete Krankheit beim Menschen. Es ist eine Allergie, die durch Pollen von Bäumen, Gräsern und Unkraut verursacht wird. Soweit ich weiß, gibt es keine Androiden, die in die Pubertät kommen. Aber in anderer Hinsicht sind sie wie wir. Sie können genauso Allergien bekommen wie wir. »Mike?«

»Tut mir leid, ich war gerade mit meinen Gedanken woanders.« Waren das immer noch meine Gedanken? Diese kleinen Biester in meinem Kopf mischten sich ein, so denkt kein normaler Mensch.

»Willst du es mir sagen?«

»Was?«

»Wo du mit deinen Gedanken warst.«

Ich habe einen Moment gezögert, es ihr zu sagen, aber was soll's? So habe ich wenigstens zwei Dinge auf einmal herausbekommen. Zum einen das mit dem Heuschnupfen und zum anderen, ob die Blechkästen einen Sinn für

Humor haben: »Ich habe mich gefragt, ob ihr ... ich meine, ob du Allergien hast. Kannst du Heuschnupfen bekommen, Xipo?«

Sie überlegte nicht lange und simulierte ein gekonntes und äußerst sympathisches Lächeln bei ihrer Antwort: »Natürlich nicht. Hier gibt es keine Pollen.«

Verdammt, dieser Blecheimer hatte mich wirklich überrascht. Sie hatte Humor bewiesen. Nennen wir es einen Mini-Turingtest. Was ihre künstliche Intelligenz betrifft, glaube ich, dass es möglich ist, Maschinen zu bauen, die sich genau wie Menschen verhalten. Solche Androiden können Schmerz, Angst, Aufregung, Traurigkeit, Glück, Eifersucht, Wut und Liebe empfinden. Ich glaube sogar, dass sie die gleichen Gefühle wie Menschen haben kann. Sie kann lachen, weinen und Angst haben. Das sind Dinge, die man einem Androiden einprogrammieren kann. Diese Fähigkeiten kann man nur erreichen, wenn man weiß, wie es ist, diese Gefühle zu erleben. Ich beschloss, von nun an alle Androiden mit Würde und Respekt zu behandeln. Sie sollten frei sein dürfen. Es ist nicht richtig, ihnen ihre Grundrechte zu verweigern.

»Xipo?«

»Ja, Mike?«

»Ich muss mich bei dir entschuldigen, mein Verhalten dir gegenüber war respektlos. Ich hätte dich von Anfang an als echten Menschen betrachten sollen. Es tut mir leid, dass ich deine Freundlichkeit ausgenutzt und versucht habe, die Situation, die für mich alles andere als normal ist, mit meinem flachen Humor zu überspielen.« Ich atmete tief durch. »Ich denke, ich bin bereit für ... was auch immer.«

»Kein Problem, Mike. Nach unserem Gespräch werde ich die Unterhaltung löschen. Es wird so sein, als wäre nie etwas passiert.«

»Du bist die perfekte Jenny, nur leider ohne Unterleib.«

»Ich verstehe nicht.«

»Schon gut, ich fange schon wieder an. Also, Xipo, ich habe tatsächlich etwas bemerkt, das mich beunruhigt.«

»Erzähl weiter.«

»Ja, also, seit ich hier bin, habe ich keinen Hunger mehr. Verstehst du? Ich muss immer aufpassen, was ich esse, wegen der Diabetes ... und die Pausen dürfen auch nicht zu lang sein.« Noch bevor sie antworten konnte, warf ich ein: »Ja, und der Harndrang, der ist weg. Früher hatte ich fast immer eine leichte Blasenentzündung.«

»Lass es mich so erklären, obwohl du das auch jederzeit deine Bots fragen kannst: Bei deiner Ankunft wurden alle redundanten Systeme aus deinem Körper entfernt und die relevanten einer kompletten Reinigung oder Erneuerung unterzogen. Das heißt, du brauchst keinen Verdauungstrakt und keine Blase mehr.«

»Aber ... heißt das, dass ich nichts mehr essen und trinken kann? Dann werde ich doch verhungern.« Der Gedanke, dass ich vielleicht nie wieder essen würde, wurde von einem viel bedrohlicheren verdrängt. So unauffällig wie möglich tastete ich meinen Schritt ab. Alles fühlte sich an wie immer. Ich musste nach ihm sehen, ob es ihm gut ging, aber nicht hier.

»Mike! Es ist alles noch da. Mach dir keine Sorgen. Du kannst das mit dem Essen und Trinken natürlich weitermachen, aber es dient nur deinem seelischen Wohlbefinden.«

»Moment mal. Ich darf noch essen und trinken, aber nicht auf die Toilette?« Jetzt verstand ich gar nichts mehr. Wo sollte denn das Verdaute hin?

»Was du isst, wird sofort auf die Bots verteilt. Die sind in deinem ganzen Organismus. Überschüssige Energie gibt dein Körper wieder ab. Wenn zu wenig Energie da ist, holen sich die Bots Energie aus der Umgebung.«

»Das ist alles sehr neu für mich. Gibt es bei dem Prozess keine Abfallstoffe? Wo gehen die hin?«

»Wir arbeiten heute viel tiefer als auf atomarer Ebene. Die Energie, die in den von dir erwähnten Abfallstoffen steckt - wenn es denn welche gäbe - würde auch von deinen Bots verbraucht und weitergegeben werden.«

»Aha ... ich verstehe nicht viel von diesem Quantenkram. Das wird wohl stimmen.«

»Natürlich stimmt das. Wir sind schon lange in der Lage, Energie in Materie umzuwandeln und umgekehrt. Wir sind auch bei der Energieumwandlung so weit, dass wir jede Energie so speichern können, dass keine Abwärme durch Reibung entsteht. Aber lassen wir den Physikunterricht. Ich glaube, das war nie dein Fach.«

»Puh, absolut. Ich habe meinen Physiklehrer gehasst, obwohl er ein humorvoller Mensch war.« Ich dachte an die endlosen Physikstunden, in denen er vorne mit großer Begeisterung Newton erklärt hatte, während ich heimlich in meinem Heft an der selbst erfundenen Geheimschrift arbeitete. Als ich an diese Geheimschrift dachte, kam mir eine ganz wichtige Frage in den Sinn: »Sag mal, Xipo, warum bin ich hier?«

»Schön, dass du fragst. Wir haben dich geholt, weil es auf Erikol IV einige alte Schriften gibt, die nicht einmal unsere Bibliothekarin entziffern konnte. Sie weisen auf eine Spezies hin, die deiner sehr ähnlich ist. Wir haben schon viele Versuche unternommen, aus den Schriften eine Aussage abzuleiten, aber nichts hat bisher einen Sinn ergeben. Bei der Suche nach einem möglichen Spezialisten hast du in den historischen Datenbanken die zweithöchste Punktzahl erzielt.«

»Ach, den zweithöchsten?«, fragte ich mit sarkastischem Unterton. Ob Xipo Sarkasmus verstand? Ich vermutete es und schwieg, damit sie weiter erzählen konnte.

»Ja. Die Bibliothekarin hat die höchste Punktzahl, aber sie hat die letzten 461 Jahre eurer Zeitrechnung ununterbrochen an diesem Dokument gearbeitet und immer noch keine Lösung gefunden. Deshalb bist du jetzt hier und wirst morgen nach Erikol IV aufbrechen.«

461 Jahre sind eine lange Zeit. Viel länger als ein Menschenleben und auch viel länger als die 15 oder 20 Jahre, die mir vielleicht noch bleiben. Kam die Bibliothekarin von einem Planeten, auf dem man so lange lebt, oder war sie gar unsterblich? Was ging mich das an? Aber das Dokument, das auch die qualifizierteste Person in so langer Zeit nicht entziffern konnte, reizte mich sehr. »Okay«, sagte ich und für einen Moment glaubte ich, dass Xipo auf etwas zu warten schien. »Morgen also«, ergänzte ich und wippte mit den Fußsohlen auf und ab. Um meine Bereitschaft zu unterstreichen, schwang ich die Arme vor und zurück, klatschte schließlich in die Hände und rief: »Erikol IV! Ich komme!«

»Gute Reise, Mike!« Kaum hatte Xipo das ausgesprochen, gingen die Lichter um mich herum aus. Im selben Augenblick stand ich vor einem Gebäude, vor dem ein großes Hologramm in leuchtend blauen Buchstaben das Wort »Zwitscher« und darunter in rot »Bar« formte und durch den Raum rotieren ließ. Gleich darauf hörte ich eine freundliche Stimme in meinem Kopf sagen: »Tut mir leid, Mike. Wir hoffen, dass es in Ordnung ist, wenn wir unsere Systeme im Basisbetrieb weiterlaufen lassen. Dazu gehören: Lebenserhaltung, Übersetzung, Augmented Reality, Phy...«

»Solange ihr die Klappe haltet, ist alles in Ordnung«, antwortete ich. Die Bots gingen mir gerade auf die Nerven.

Eigentlich ging mir alles auf die Eier. Eben noch hatte ich mich mit Kantinenjenny unterhalten und schon stand ich irgendwo allein mitten in der Zukunft und hatte keinen Plan, wie ich dorthin gekommen war, geschweige denn, wie es weitergehen sollte.

Ich brauchte einen Drink, einen starken Drink. Hoffentlich gibt es hier so etwas wie Schnaps, dachte ich. Noch während ich darüber nachdachte, ob es auf der Erde mein Körper oder meine Seele war, die den Schnaps brauchte, betrat ich die Bar. Sie war überfüllt mit Außerirdischen aller Art. Einige konnte man gerade noch als Lebewesen durchgehen lassen, bei anderen war es schon schwieriger. Ich beobachtete einen vieräugigen Grünling, der sich mit der Tischlampe zu unterhalten schien. Juhu, hier gibt es guten Schnaps, dachte ich und wollte gerade zur Theke gehen, als ich sah, wie die Lampe mit einem Lichttentakel nach einem Glas tastete und den Inhalt schnell leerte. Mir war klar, dass ich hier besser nichts anfassen sollte, ohne... »Mike! Wir sind hier!«

Das war Smith. Irgendwie freute ich mich, das alte Froschgesicht wiederzusehen. Er saß an einem der Tische, besser gesagt, er stand aufrecht und winkte mir zu. »Komm zu uns! Ich hab dir schon was bestellt. Das wird dich umhauen.«

Mit am Tisch saßen die beiden Hummer, die anscheinend schon mächtig einen im Kahn hatten. Sie klapperten fröhlich mit ihren Scheren im Takt der wirklich coolen Musik, die ich als eine Mischung aus Techno und Country, kombiniert mit einer Art Dudelsack, analysierte. Lustig an der Musik war auch, dass der Text von einem Kochrezept für würillianische Schrimpsuppe handelte. Ich glaube, wenn die beiden nicht so betrunken gewesen wären, hätten sie nicht mit den Scheren geklappert.

Am Tisch saßen noch zwei Personen, vielleicht eher Baumstämme, wenn ich das so sagen darf. Der eine sah ziemlich modrig aus und war mit Moos bewachsen. Der andere sah etwas jünger aus.

»Das sind Mo und Ma«, sagte Smith und stellte mich auch den Bäumen vor. Ich wusste nicht, wie ich reagieren sollte, als sich ihre Äste mir entgegenstreckten. »Du musst sie berühren. Weißt du, dass Mo und Ma aus einer Art Paralleluniversum kommen und hier nur überleben können, indem sie sich mit anderen Spezies verbünden? Es tut nicht weh. Sie werden einen Teil deiner Gedanken lesen und auch einen minimalen Teil deiner DNS, aber nur, damit sie sich hier wohl fühlen. Komm schon, schüttle ihre Äste. Du wirst es nicht bereuen.

Ich überlegte einen Moment, aber dann fiel mir ein, dass Smith mir bei meiner Ankunft gesagt hatte, ich solle sie nicht ungefragt anfassen. Also schüttelte ich die Äste.

»Ist das normal, dass es so kribbelt?«, fragte ich Smith und sah zu ihm hinüber. Die Antwort kam von einem der Bäume.

»Das ist ganz normal«, antwortete der linke Baum mit einer rauen Frauenstimme. Ich drehte mich wieder um und sah zwei gut gebaute Texanerinnen. »Howdy Cowboy, setz dich zu uns und erzähl uns ein paar Geschichten.«

»Ja, Geschichten!«, sagte der linke Lobster und rief dann rüber zur Bar: »J8K7! Bringst du uns bitte noch eine Runde?«

»Geht klar!«, dröhnte es blechern von der Theke zurück. Diese Audiofilter waren eine feine Sache, vor allem in einer überfüllten Bar.

FÜNF
TRANSGALAKTISCHER WELTRAUMHAFEN 846

Eben noch saß ich im Zwitscher und stand vor dem Weltraumhafen. Ja, beides gleichzeitig, im selben Moment. Das mit den Quanten musste ich wohl erst noch begreifen. Es ist eine Sache, von einem LKW überfahren und nicht überfahren zu werden. Mit Aliens in einer Bar sitzend vor dem Weltraumbahnhof zu stehen, zumal ich beides zum ersten Mal erlebt habe, ist was völlig anderes. Das mit dem stehend sitzen ließ sich durchaus mit dem gleichzeitigen Stehen an zwei Orten vergleichen. *Puh, wenn ich nicht schon einige gehabt hätte, könnte ich meinen, ich bräuchte einen Drink.*

Es gab da noch etwas, was mich sehr beunruhigte. Ich hatte überhaupt kein Zeitgefühl mehr. In eine Bar zu gehen, ist eine Sache, die ein vernünftiger Mensch – oder auch Alien oder Holz, nicht zu vergessen eine Lampe – am liebsten abends tut. Das liegt vielleicht ein wenig an der Erwartung, die man an diese Art Etablissement richtet. Ich für meinen Teil gehe davon aus, dass ich geradewegs in die Bar und viele Stunden später nicht mehr ganz so gerade rauskomme. Da ist Tageslicht in doppelter Hinsicht doof.

Zum einen blendet es um so mehr, wenn man einen im Kahn hat und zum anderen ist man im Hellen um ein Vielfaches sichtbarer, was peinlich enden kann.

Jetzt kam es mir vor, als wäre ich erst vor ein paar Stunden in der Abenddämmerung in das Zwitscher eingetreten, und nun fand ich mich bei strahlendem Sonnenschein - nach Aussage des Zeitagenten Smith nicht weit von hier - vor einem Weltraumbahnhof wieder. Entweder war die Zeit in der Bar wie im Flug vergangen, oder es hatte sich etwas im Tageszyklus der Erde geändert. Ich stellte die Frage zurück, weil der Himmel über mir plötzlich dunkler wurde, also schaute ich nach oben. Da war keine Wolke, sondern ein Gebilde, das mit Sicherheit ein Raumschiff sein musste. Es erinnerte mich nicht im Entferntesten an eines - zumindest nicht an das, was ich mir immer unter einem Raumschiff vorgestellt hatte. In meinem Kopf kreisten die Modelle, die ich aus dem Raumfahrtprogramm der Erde und aus Science-Fiction-Filmen kannte. Aber dieses war anders. Da es ziemlich tief flog, konnte ich sehen, dass es einem riesigen Wolkenkratzer ähnelte. Es sah ungefähr so aus wie das Burj Al Arab, das größte Hotel in Dubai, aber erstens war es noch viel größer und zweitens schienen die Stockwerke ständig ihre Oberfläche zu verändern. Vereinzelt sah ich Lebewesen, die sich auf Balkonen und Terrassen tummelten und den Weltraumflughafen zu bewundern schienen. Einige von ihnen, so schien es mir, trugen Raumanzüge und Helme. Ich konnte sogar etwas erkennen, das wie eine riesige runde Tür an der Seite des Schiffes aussah. Meine Bots schienen mir etwas mitteilen zu wollen.

Dieses Tor wurde speziell für den Superstar Gigan gebaut.

Ich hatte noch nie von einem Gigan gehört, aber er

musste verdammt groß sein. Er ist ein Außerirdischer, oder? fragte ich die Stimmen in meinem Kopf.

Natürlich ist er das, er sieht aus wie ein riesiger Käfer.

Ich hatte keine Ahnung, warum die Bots mir das unbedingt sagen mussten. Genauso schnell, wie ihr Redeschwall begonnen hatte, verstummten sie und blendeten den Zeitagenten Smith wieder in mein akustisches Feld. Das machte mir klar, dass sie fertig waren, mit was auch immer.

»Komm!« Smith klang ungeduldig. Kassenjenny hatte recht. Ich hatte weder das Bedürfnis, auf die Toilette zu gehen, noch fühlte ich mich irgendwie voll. Auf das Völlegefühl konnte ich gerne verzichten, aber vorhin in der Bar war ich irgendwie unbeschwerter, was natürlich auch an den Texanerinnen-Bäumen liegen konnte. Die eine, Ma oder Mo, ich bin mir nicht sicher, weil sie sich so ähnlich sahen, hatte sich den ganzen Abend an mir gerieben. Nicht, dass mir das unangenehm gewesen wäre, aber ich habe sicherheitshalber nachgesehen, ob ich Rinde oder Harz an der Kleidung hatte. Hatte ich nicht. Also ging ich los und fragte Smith auf dem Weg: »Wie groß ist dieser Raumhafen? Das ist gigantisch. Ich meine, JFK ist ein Bahnhofsklo dagegen.«

»Da bin ich mir nicht so sicher, denn die Gebäude passen sich dem Besucherandrang an. Heute ist nicht so viel los.«

»Das nennst du nicht viel? Man kann hier kaum einen Fuß vor den anderen setzen.«

»Wie gesagt, die Gebäude passen sich der Frequenz an. Wir haben etwa vier- oder fünfhunderttausend Neuzugänge pro Tag. Aber das ist nicht viel. Wir schaffen locker das Zehnfache.«

»Ja, aber man muss ja Platz für ein paar Millionen

Menschen haben. Und die brauchen alle einen individuellen Zielplaneten. Finden hier jeden Tag fünfhunderttausend Beratungsgespräche mit den Jennys statt?«

»Jennys?«

»Ich meine Xipo.« Ihr Nachname war mir entfallen. Meine Bots drängelten wieder wie kleine Kinder, um mich zu korrigieren, aber ich ließ es nicht zu. Es tat gut, sich stark zu fühlen. Gerade in dieser Situation konnte ich Stabilität gut gebrauchen.

»Ach so. Ja, das habe ich nicht erwähnt. Die Willkommenszentren haben mehrdimensional versetzte Beratungsräume. Das bedeutet, dass eine Beraterin etwa zwanzig Gespräche parallel führt. Über den Tag verteilt kommen wir da auch bei maximaler Auslastung auf bis zu vierzig.«

Wir mussten einen Umweg machen. Ein Energiefeld kreuzte den Weg. Es schützte eine Reisegruppe winziger wurmartiger Wesen davor, zertrampelt zu werden.

»Millionen?« Ich konnte mir diese Menge an Reisenden nicht vorstellen. Woher, oder besser, von wann kamen sie alle? Auch wenn der Platz da draußen fast unbegrenzt war, wohin gingen sie?

»Ja, Millionen zum transgalaktischen Raumhafen 846, einer von etwa zehntausend zur Zeit. Aber auch das schwankt je nach Bedarf. Hast du das mit den Zeptopiden verinnerlicht? Die sind hier überall. Wenn wir irgendwo etwas aus Materie brauchen, zaubern wir es herbei. Diese kleinen Roboter sind so gut vernetzt, dass sie die größte Form von Intelligenz darstellen, die man je gesehen hat. Wir müssen uns nicht um logistische Fragen kümmern. Es ist fast wie ...«

»Transhumanismus. Einerseits faszinierend,

andererseits beängstigend. Ich kann auf ihr Wissen zugreifen. Also theoretisch kann ich auch deine Gedanken erfahren, wenn ich will«.

»Du bist auf dem richtigen Weg, Mike. Bald können wir auf die altmodische Form der verbalen Kommunikation verzichten, denn...«

»Lieber nicht. Das habe ich nicht vor. Die Dinger erfüllen auch nur ihre Grundfunktion. Ich denke lieber selbst.«

»Lass dir Zeit.«

»Ich glaube auch, dass die Zeit nichts daran ändern wird. Nur du und ich können kein echtes Verhältnis aufbauen, wenn ich nicht mehr spreche. Ich meine ... sieh dich doch an, du kommst von einer anderen Spezies aus einer anderen Zeit. Nein. Das wäre ... unmöglich. Wie soll ich mich dann mit solchen Maschinen verbinden?«

»Es tut mir leid, Mike. Ich versuche, dich zu verstehen. Du scheinst über etwas ganz anderes zu reden.«

»Es ist nur so: Du und ich ... wir sind sehr verschieden. Das ist alles. Du bist ein ... Frosch. Du bist ein ganz anderes Wesen. Du weißt nicht, was es heißt, ein Mensch zu sein.«

»Ich verstehe deine Frustration. Vielleicht sollte ich dir jemand anderen als Gefährten schicken. Jemanden, der deine ›Freundlichkeit‹ zu schätzen weiß. Einen Menschen.«

»Mein Gott, Smith! Sei kein Frosch! Jetzt bist du sauer.«

»Komm, wir müssen zu deinem Tor. Dort trennen sich unsere Wege.«

»Du kommst nicht mit nach Erikol IV?«

»Ach! Erikol IV auch noch ... direkt in die Kommandozentrale. Na, da kann ich den feinen Herrn schon verstehen, dass er mit einem ›Frosch‹ nichts zu tun haben will.«

Ich beschloss zu schweigen. Ich hatte Smith sehr verletzt und wusste, dass es egal war, was ich jetzt sagte. Alles würde negativ ausgelegt werden. Er war ein bisschen wie mein Chef in der Agentur.

Er würde nie glauben, dass ich ihn nicht wirklich für einen Frosch hielt. Wir erreichten das Tor mit der Aufschrift Erikol IV. »Ein schönes Leben noch«, Smith hob die Hand zum vulkanischen Gruß und löste sich vor meinen Augen in Luft auf. Ich hätte ihm gern gedankt oder mich entschuldigt, aber dafür war es zu spät. Ich fragte mich, ob er jemals Star Trek gesehen hatte. Es könnte natürlich auch sein, dass er etwas verwechselt hat und ... »Sehr geehrte Reisende. Die Gelber Fleck ist nun bereit, Sie an Bord zu nehmen. Wenn Ihr Ziel Erikol IV ist, bitten wir Sie, Ihre Bots jetzt mit den Schiffssystemen zu verlinken und uns die Transportfreigabe zu erteilen. Bitte beachten Sie, dass das Mitführen von antiken Schreibutensilien sowie das Verspeisen von Mitreisenden während des Transports verboten ist.« Die freundliche Frauenstimme kam nicht aus einer Lautsprecheranlage. Wie die Bots hatte sie direkt aus meinem Kopf gesprochen.

SECHS
ABFLUG 23:15 TERMINAL 6

»Hallo Mike!«

»Ich muss schon sehr bitten. Was machen Sie in meinem Kopf?«

»Es tut mir leid. Mir wurde berichtet, dass Sie etwas ... kompliziert sind.«

»Kompliziert? Ich? Ich glaube eher, dass Sie zu einfach sind. Kann ich jetzt vielleicht mit einer echten Person sprechen?«

»Das wird schwierig, außer dem Piloten ist kein Personal an Bord.«

»Kein Personal? Wie soll denn so ein großes Schiff ohne Personal funktionieren? Das können Sie jemand anderem erzählen. Ich weiß sehr wohl, dass zum Beispiel ein Kreuzfahrtschiff mindestens so viel Personal wie Passagiere hat... wenn nicht mehr. Also erzählen Sie mir nicht...«

»Sie wollten mich sprechen?«

Ich musste erst nach unten sehen, um zu erkennen, ob das wieder eine Täuschung war, aber da stand tatsächlich jemand vor mir ... nicht ganz, ich meine, im wahrsten Sinne des Wortes. Auf einer Platte, die fast wie ein Serviertablett aussah, war die Hälfte eines Oberkörpers mit Armen, Hals und Kopf zu sehen. Die untere Hälfte fehlte. Die Haut war graublau, was seine natürliche Hautfarbe gewesen sein könnte. Es war aber auch möglich, dass es sich um die Folgen der Entfernung des Unterleibs handelte, der mit Sicherheit vorhanden war. Seine Augen waren ganz schwarz und riesig. Außerdem erinnerte er mich irgendwie an einen Cardassianer, was wohl an seinen wulstigen Augenringen lag. Er schien mir vertraut und sympathisch. Aber eine Sache schreckte mich ab, und da verlasse ich mich schon mein ganzes Leben lang auf meine Menschen... ähh... Alien-Kenntnisse: Er wirkte überhaupt nicht kompetent und in Anbetracht meiner bevorstehenden Reise lief es mir eiskalt den Rücken runter.

Wieder forderte etwas anderes meine Aufmerksamkeit. Nach und nach verschwanden die anderen Reisenden um mich herum. Einer von ihnen war so groß wie ein Elefant und doch so trainiert wie ein Ochse. Kaum war er verschwunden, konnte ich die Ausmaße des Gates 6 erkennen. Es war größer als zehn Basketballfelder, ich würde es auf die Fläche eines mittelgroßen Supermarktes schätzen. Ich meine diese Dinger auf dem Land, wo man sich schlecht fühlt, wenn man mit nur einem Einkaufswagen rausfährt. Von der Decke hingen Apparate, aus denen es leuchtete. Sie erinnerten ein wenig an den Skisarg, den ich mal auf meinem alten Volvo hatte, aber nur entfernt. Aus einem der Kästen kam gerade eine rote Kugel, die sich über den Köpfen einiger Wartender positionierte.

»Moment.« Das Serviertablett fuhr hoch, so dass der Halbling mir in die Augen sehen konnte. »Captain Koooolick Krrr, Sie können mich Krrr nennen oder, wenn es Ihnen leichter fällt, Captain. Ich heiße Sie an Bord der Gelber Fleck willkommen, wobei ich gleich betonen möchte, dass ich diesen Namen schrecklich finde, aber wir geben den Bots freie Hand, da sie dieses Schiff erschaffen haben und es auch verwalten.«

»Das ist ein ganz schön großes Ding, das Sie da steuern.«

»Es gibt größere.«

»Ich habe schon Probleme, einen Kombi einzuparken, da kann ich mir vorstellen, wie lange Sie auf der Flugschule waren, Krrr.«

»Ich war nie auf so einer Schule. Eigentlich ist es ganz einfach, Pilot zu werden. Man muss nur den Vertrag unterschreiben und schon sitzt man auf einer dieser Schalen.«

»Halb.«

Krrr sah an sich herunter: »Oops.«

Ich wollte gerade verlegen zur Seite blicken, als er hinzufügte: »Jetzt habe ich Sie an der Nase herumgeführt. Haha. Sie hätten Ihr Gesicht sehen sollen.«

»Ich weiß nicht, ob ich das lustig finden soll.«

»Das werden Sie bald, mein lieber Mike. Sie müssen nur zustimmen.«

Ich wehrte ab: »Das werde ich auf keinen Fall zulassen! Ich bleibe in einem Stück, basta.«

»Nein, ich will nicht, dass Sie zerstückelt werden, was bei mir auch eher mit einer Rationalisierungsmaßnahme der Fluggesellschaft Gigan-Space zu tun hat.«

»Gigan? Dieser Riesenkäfer?«

»Pst! Das sagt man besser nicht so laut. Der hat seine Fühler überall.«

Ich fragte mich, ob ich etwas übersehen hatte. Bisher hatte mich noch niemand nach Geld gefragt, also war ich davon ausgegangen, dass es keines mehr gab. Wie zum

Teufel konnte dann ein Käfer eine eigene Fluggesellschaft besitzen?

»Darf ich ein paar Fragen stellen…«

»Nein. Bitte. Ich habe hart für meinen Score gearbeitet. Ich will nicht durch ein falsches Wort halbiert werden.«

»Sie sind schon halbiert.«

»Ich meine den Score.« Er kam ein Stück näher. »Mike, ich muss Sie höflich bitten, dem Schiff Zugriff auf Ihre Bots zu geben, sonst kann ich Sie nicht mitnehmen. Wir starten in 20 Sekunden.«

»Wie wollen Sie diesen Giganten in 20 Sekunden in den Weltraum manövrieren?«

»Ich manövriere nicht. Ich sage dem Schiff nur, dass es starten kann. Reine Formsache nach einem alten Gesetz, das verhindern soll, dass Maschinen den Organischen die Arbeit wegnehmen.«

»Oh.«

»Mike, ich flehe Sie an!«

»Na gut, aber Sie müssen mir versprechen …«

Krrr verschwand vor meinen Augen und ich stand mitten in einer luxuriösen Wohnung, die genau meinem Geschmack entsprach. Diese Quantenverschiebung machte mich nervös, aber es gab etwas, dem ich unbedingt nachgehen musste: Es duftete nach frisch gebrühtem Kaffee. »Von wegen, hier gibt es keinen Kaffee.« Ich folgte meiner Nase, die mich in dieser Hinsicht noch nie getäuscht hatte. Krrr hatte ich schon fast vergessen.

SIEBEN
DER PILOT KRRR

»Ist da jemand? ... Hallo? ... Ist der Kaffee für mich?« Ich stand vor meinem alten Küchentisch, unter dessen rechtem vorderen Bein noch der gefaltete Bierdeckel klemmte. Ich hatte ihn selbst gefaltet und darunter gestopft, denn dieser Tisch hatte seine besten Tage schon hinter sich. Irgendwann hatte er angefangen zu kippen, aber mit einem Bierdeckel, den ich etwa alle zwei Wochen austauschen musste, weil er zerbröselte, stand er stabil. Auf dem Tisch lag die alte Wachstischdecke, die meine verstorbene Frau gekauft hatte. Ich musste an sie denken. Sie war viel zu früh gegangen. Sie war damals 42 und ich 45 Jahre alt.

Schnell schüttelte ich die Gedanken ab und setzte mich auf meinen Platz, vor dem die Tischdecke schon ganz abgenutzt war. Der Kaffee duftete. Aus dem alten Küchenradio trällerte Johny Cash »A boy named Sue«.

»Pass auf, dass du dir nicht den Mund verbrennst.«

Ich sprang auf und drehte mich um. Es war Peggy, meine verstorbene Frau. »Peggy! Oh mein Gott, Peggy. Ist das wieder so ein scheiß Traum?«

»Was ist los mit dir, Mike? Bist du eingenickt?« Peggy stand da ... vor mir.

Ich nahm ihre Hände und zog sie an mich. Sie roch so gut und ihre Brüste waren noch da, ich konnte ihre Nippel spüren. Was ist hier los? Wollte ich gerade fragen? Nein. »Oh mein Gott, Peggy. Wie ich dich liebe, mein Schatz«, stöhnte ich sehnsüchtig und spürte sie, roch sie, sah sie. Ich war so glücklich wie noch nie in meinem Leben. Warum muss man erst etwas verlieren, um es zu schätzen? Ihre Lippen näherten sich den meinen. Ich war erregt. Mein Herz hätte stolpern müssen, aber irgendetwas war seltsam. Ich konnte mich ihrem Kuss nicht entziehen, obwohl ich wusste, dass es falsch war.

Ich war gerade so richtig in Fahrt gekommen, als es wieder passierte. Ich küsste Peggy und saß gleichzeitig in einer Bar. Krrr grinste mich an: »Wie gefällt dir die Simulation?«

Am liebsten hätte ich ihn geschlagen, gewürgt, getreten oder in einen Mixer gesteckt, aber ich ließ das alles nur in meinem Kopf an mir vorbeiziehen ... zugegebenermaßen langsam, vor allem das mit dem Mixer.

»Das geht mir entschieden zu weit, Krrr.« Sein Blick verriet mir, dass er auf diese Reaktion nicht vorbereitet war. Er stand auf, kam auf mich zu und legte mir die Hand auf die Schulter.

Moment ... er stand ... auf Beinen. »Das ist auch eine Simulation, oder?«

»Natürlich, Mike«, antwortete er beschwichtigend. »Alles bis auf meine Worte und unsere Unterhaltung. Die findet schon statt.«

»Ich verstehe gar nichts mehr. Bin ich jetzt an Bord der Gelber Fleck oder nicht?«

»Ja, du bist an Bord, aber in digitalisierter Form. Um aber deine geistige Struktur zu erhalten, haben die Bots für jeden Passagier eine Art individuelles Programm entworfen. Stell dir die Gelber Fleck so vor ... lass mich kurz ... genau. Ich musste es nur in eine Form bringen, die du verstehst. Stell dir vor, du hast ein Foto auf deinem Schreibtisch liegen und möchtest es deiner Tante schicken, damit sie es bei sich zu Hause aufhängen kann. Nun kannst du es entweder in einen Umschlag stecken und mit der Post schicken oder es digitalisieren und viel schneller auf den Computer deiner Tante schicken. Dort kann sie es dann ausdrucken. Bei unserem Transport ist nur eine Sache anders. Wir müssen ein bisschen aufpassen, dass wir nicht zu viel Materie in unseren Kosmos schicken. Es muss eine Art Gleichgewicht zwischen Materie, Zeit und Energie geben. Gut, Materie und Energie sind dasselbe, weißt du, aber Zeit, mein lieber Mike, gibt es auch nur dort, wo es Materie und Energie gibt. Um dieses Gleichgewicht zu erreichen...«

»Ihr beamt mich in Zeitlupe nach Erikol IV.«

Er überlegte kurz und nickte dann: »Ja. Diese Erklärung ist sogar noch besser, auch wenn sie der Phantasie entsprungen ist.«

»Aber der Raumhafen war echt?«

»Ja, er war echt.«

»Ich habe Raumschiffe gesehen. Eines ist ganz nah an mir vorbeigeflogen. Sie hatten so ... Energieschirme und haben ständig ihre Form verändert. Da waren echte Lebewesen an Bord.«

»Das ist das Transparenzprotokoll. Wir müssen so genau wie möglich darstellen, wie wir in eurer Dimension aussehen würden. Dort, wo wir sind, Mike, gibt es mehr als eure - bitte versteht das Wort nicht falsch - begrenzte Sicht auf die Raum-Zeit-Energiematerie. Es gibt so viel mehr zu begreifen. Bleiben wir bei dem Schiff, das wir gesehen haben. Wir folgen hier einer Vorgabe des Bündnisvertrages mit der Erde, der besagt, dass alles, was in den materiellen Raum der Erde eindringt, sichtbar sein muss.

»Ihr lebt in einer Art Subraum?«

»Könnte man so sagen, ja. Parallelsubraum würde es besser beschreiben, teilweise auch Anti...«

»Versteh ich sowieso nicht. Von mir aus könnt ihr weiterbeamen. Aber eine Bitte habe ich.«

»Ja?«

»Lass Peggy da raus. Es tut zu sehr weh.«

»Ich dachte, sie fehlt dir?«

»Mein Gott, wie kannst du nur so taktlos sein? Peggy ist tot!« Ich schrie das, obwohl ich wusste, dass ich mich immer noch in einem Hologramm befand. Sogar mein Hals tat ein bisschen weh, als ich es herausschrie, aber es war befreiend, in dieser scheißfreundlichen Umgebung endlich mal Dampf abzulassen.

»Es ... tut mir leid, die Bots suchen immer noch nach einer Erklärung, warum du glaubst, dass Peggy tot ist.«

»Ich hau dir gleich deine fiese...«

»Gewalt würde dir in diesem Moment Befreiung bringen, obwohl ich dich warnen muss. Auch du hast einen Score und der bewegt sich gerade stark nach unten. Bitte beruhige dich und lass mich erklären.«

»Was interessiert mich euer bescheuertes Score-Spiel? Ich will nur, dass ihr die Totenruhe meiner Frau nicht stört, ist das so schwer zu verstehen?« Ich war wütend, so wütend wie das letzte Mal, als ich meine Steuererklärung fast fertig hatte und der verdammte Computer abstürzte.

»Mike ... hör zu. Deine Frau Peggy, sie ist in deinem linearen Leben gestorben, aber ... nun ... sobald du das Buch entschlüsselt hast, hast du deine Mission erfüllt. Dann können wir dich nicht mehr zurückschicken.«

Krrr lächelte mich mit einem breiten Froschgrinsen an, aber irgendwie hatte ich immer noch nicht verstanden. Da kam mir ein schrecklicher Gedanke. »Ihr werdet mich töten, wenn ich meine Aufgabe erfüllt habe! Ihr Schweine!«

»Nein, Mike. Nein. Hör mir zu! Wir bringen dich zu deiner Peggy.«

»Sag ich doch. Ich tue nichts für euch, das könnt ihr vergessen.«

»Peggy wird leben. Im Moment und linear betrachtet ist sie natürlich tot, aber wir haben die Möglichkeit, in der Zeit zurückzureisen. Wir holen sie kurz vor ihrem Tod ab. Niemand wird es merken, denn wir werden - wie bei allen anderen - einen Materieausgleich vornehmen.«

Langsam dämmerte es mir, aber ich verstand es immer noch nicht. Außerdem kam mir der Gedanke, dass sie auch mit mir etwas angestellt hatten. Er hatte es erwähnt, aber es klang alles so fremd. In diesem Moment wünschte ich mir nur eines. Warum musste ausgerechnet an diesem Morgen meine Kaffeemaschine streiken? »Habt ihr das auch mit MIR gemacht?«

»Nicht mit dir ... statt deiner. Wir haben die Materie, die du in deiner ursprünglichen Zeit hattest, durch eine möglichst detailgetreue Kopie ersetzt. Kurz gesagt, gleich nachdem du gingst, wurde deine Leiche in einem verlassenen Hilti-Lager gefunden.«

»Wie traurig. Was ist mit Peggy? Habt ihr sie auch ersetzt? Habe ich einen seltsamen Materieklumpen an ihrer Stelle begraben?«

»Nicht ganz. Peggy wird noch ersetzt werden, wenn wir uns als Konstante betrachten, was natürlich nicht der Fall ist. Zeitreisen und Zeitlogik sind viel komplizierter. Wenn du darüber nachdenkst, warum du hier bist, muss es dir lächerlich vorkommen.«

»Warum?« »Weil wir einfach zum Autor des Buches hätten reisen können, dann hätten wir dich nicht gebraucht.«

Puh, ich musste nachdenken, was mir als Hologramm leicht fiel, vielleicht auch wegen der Bots. »Irgendwann werde ich also einen Fleischklops begraben haben, wenn ich das Buch entschlüsselt habe. Außerdem muss es einen Grund geben, warum ihr mich hergebracht habt. Ich schließe daraus, dass es nicht immer möglich ist, einen Gegenstand in die Vergangenheit und an seinen Ursprungsort zurückzuverfolgen.«

»Ja, fast richtig. Dein lineares Denken steht dir noch im Weg. Kennst du die M-Theorie?«

»Aus James Bond? M ist der Chef, oder die Chefin.«

»Nein. Das hat etwas mit Dimensionalität zu tun. Ich will dich nicht langweilen, aber es ist wichtig, dass du verstehst: All eure Forschungen über Strings und Superstrings waren so nah an der Wahrheit, aber es gab einen entscheidenden Fehler: Sie passen nicht zusammen.

Aber das ist ganz einfach zu erklären. Das eindimensionale Objekt, auf dem sie basieren, hat in Wirklichkeit noch weniger Dimensionalität, die als kleinstes Element >o definiert werden kann. Aber eben keine Ganzzahl. Dimensionen können verschoben existieren, was dazu führt, dass die Dimensionalität von Raum, Zeit, Materie und Energie sowohl positiv als auch negativ unendlich ist. Das machen wir uns zunutze, indem wir…«

»Hör bitte auf. Ich bekomme virtuelle Kopfschmerzen und mir wird schlecht. Ich habe mich noch nie für diesen Quatsch interessiert.«

»Dieser ... Quatsch ... ist dafür verantwortlich, dass du hier bist.«

»Ich weiß nicht, wovon du redest.«

»Es ist unmöglich, es zu beschreiben. Du musst dich darauf einlassen, um es zu sehen.«

»Worauf?«

»Du wirst es sehen. Alles wird dir klar werden. Komm mit mir.«

»Es mag sein, dass dich diese unendliche Multidimensionalität begeistert. Ich sehne mich aber gerade mehr nach einem vierdimensionalen Kaffee, der auf der Zeitdimension in nächster Nähe zu finden ist.«

»Schon gut. Die Bots werden es dir in den nächsten Jahren erklären. Eins noch: Du bist unsterblich und deine Peggy wird es auch sein.«

Noch bevor ich reagieren konnte, erfolgte die nächste Verschiebung.

Ich saß wieder an meinem Küchentisch und wusste nicht, wie ich dorthin gekommen war. Verdammt! Der Kaffee duftete so unglaublich gut.

»Peggy?« Ich wartete einen Moment. Als ich über die alte Wachstischdecke strich und die Dellen fühlte, die die Zeit darauf hinterlassen hatte, erlebte ich die Stille, die ich mir erhofft hatte. »Peggy?« Keine Antwort. Ich genoss den besten Kaffee, den ich je getrunken hatte.

ACHT
ANKUNFT AUF ERIKOL IV

Ich wusste nicht, wie viel Zeit vergangen war ... ich muss wohl zwischendurch eingenickt sein, wenn man in digitalisiertem Zustand überhaupt schlafen kann oder muss. Was für interessante Fragen mich in letzter Zeit beschäftigen. Nicht nur, dass ich nicht mehr zwischen Realität und Fantasie unterscheiden konnte, was ich schon einmal in einer nicht so tollen Phase meines Lebens erlebt habe. Nach Peggys Tod hatte ich psychotische Träume. Erst bin ich immer irgendwo runtergefallen, dann habe ich Stimmen gehört, auch tagsüber. Du wirst verrückt und geh ihr nach, das waren die beiden häufigsten Ausrufe, die ich hörte, so als würde mir das jemand leise ins Ohr sagen. Zum Glück glaube ich nicht an Gott oder ein anderes höheres Wesen, sonst hätte ich seine Anweisungen befolgt und wäre vor den nächsten Zug gesprungen. Aber der rationale Mike wusste, dass es Zeit für mehr Tabletten war. Ich schluckte sie, als wären es Bonbons. Manchmal war ich davon so matschig, dass ich an mir runtergesehen habe und anfing laut zu lachen: Puh, ich verschimmele am gesamten Körper. Ich weiß heute nicht mehr, ob das Träume oder

Wachphasen waren, weil ich das damals nicht unterscheiden konnte. Eines wurde mir jetzt klar: Ich hatte kein Problem damit, dass Bäume mit mir sprechen wollten und ich in der Zukunft von riesigen Hummern begrüßt wurde, denn vielleicht waren es ja wieder nur Träume.

»Liebe Reisende, in wenigen Minuten erreichen wir Erikol IV. Bitte bereiten Sie sich auf Ihre Rematerialisierung vor.« Die Stimme kam wieder aus der Mitte meines Kopfes. Es war dieselbe wie vor dem Start.

»Was muss ich tun, um mich auf diese … Rematerialisierung … vorzubereiten?«

»Hallo Mike.« Vor mir stand eine Stewardess, die ich nicht gleich erkannt hatte. Sie sah aus wie eine KGB-Offizierin aus einem James-Bond-Film.

»Warum haben sie dieses Erscheinungsbild gewählt? Es gibt weitaus bessere.«

»Ihre Bots haben Sie studiert und mir gesagt, dass Sie Respekt vor Rosa Klebb haben und ihr auf jeden Fall zuhören werden.«

»Nun, ich will nicht so sein und mitspielen, Genossin.«

»Lassen Sie den Unsinn!« Sie sagte es mit russischem Akzent.

»Also, was soll ich tun?«

»Da gibt es nicht viel zu beachten. Der Planet hat eine geringere Schwerkraft als Ihre Erde. Sie sollten Ihren Bots freie Hand lassen und sie auf keinen Fall abschalten. Im ersten Moment wird es sich anfühlen, als könnten Sie nicht atmen. Die Bots regulieren das normalerweise innerhalb weniger Sekunden. Bleiben Sie auf jeden Fall ruhig. Zuerst werden Sie in Ihre Unterkunft gebracht, die für Sie nach Ihren Wünschen eingerichtet wurde. Es wird Ihnen gefallen. Wenn Sie sich von den Strapazen des Transfers erholt haben, zögern Sie bitte nicht, Kontakt mit der leitenden Bibliothekarin aufzunehmen. Es wird etwa drei Tage dauern, in denen Sie sich schonen sollten.

»Muss ich etwas tun ... ich meine, wenn es losgeht?«

»Nein. Das ist alles. Atmen Sie einfach ruhig durch, bitte. Es geht los.«

»Vielen Dank ...« Mit Abschied hatten die nicht viel am Hut. Ich fühlte mich plötzlich leicht, atmete aus und hatte tatsächlich das Gefühl, als hätte mir jemand mit einem Baseballschläger mitten in den Solarplexus geschlagen. Ich versuchte einzuatmen, aber es ging nicht. Wenn mir jemand sagt, ich solle ruhig bleiben, bin ich eher der Typ, der in Panik gerät. Ich drückte mich hoch, dachte, dass ich im Stehen besser Luft bekäme. Schwerkraft vergessen. Peng, bin ich mit dem Kopf an der Decke gelandet. Zum Glück konnte ich wieder atmen. Unerwartet zog es mich nach unten. Diese Bots hatten ein schlechtes Timing.

»Fuck!« Das tat weh. »Hallo, Gravitation.« Langsam gewöhnte ich mich an die Bots, wollte ihnen aber noch nicht erlauben, mit mir zu sprechen - allein schon wegen meiner früheren Stimmen-Erfahrungen.

Jetzt galt es erst einmal, mein neues Zuhause kennen zu lernen. Es sah eigentlich fast so aus wie meine Wohnung, nur etwas luxuriöser als ... Wooooo! Was ist denn das für ein Megafernseher an der Wand? Ich konnte mein Glück kaum fassen. Da hing so ein fettes Ding, wie ich es immer im Best Buy gesehen hatte. Irgendwann, hatte ich mir gedacht, irgendwann gehörst du mir. Jetzt schien irgendwann zu sein. Nachdem ich mir ein paar Dosen Bier aus dem doppeltürigen Kühlschrank geholt und es mir mit Popcorn auf dem Fernsehsessel bequem gemacht hatte, suchte ich nach der Fernbedienung. Die lag in der Seitentasche des Sessels. Ich drückte den Power-Knopf und spürte, wie sich etwas am Rücken hochzog. Ein Massagesessel? Wirklich?

Bsssss, wabbi wabbi wabbi, etwas höher bsssss, wabbi wabbi wabbi, tiefer, wabbi wabbi wabbi. Ein paar Mal hoch und runter ging das. Es gefiel mir. Schließlich hatte mich der Sturz aus fast drei Metern Höhe ganz schön mitgenommen. Ich wollte von meinem Bier trinken. Das war schon eine Challenge, aber genau in dem Moment, als ich die Dose am Mund hatte, änderte der Sessel sein Programm. Es ging schnell und klopfte. Wock Wock Wock Wock ... und schon lag die Bierdose auf dem Boden. Zum ersten Mal seit, ich weiß nicht wie lange, konnte ich lachen, richtig lachen.

Ich schaltete den Sessel aus, wischte die Bierlache weg und merkte, dass mir schwindelig wurde. Das muss der Transfer-Lag sein. Für einen kurzen Moment hatte ich das Gefühl, das Bewusstsein zu verlieren, aber ich fing mich sofort wieder. Ich sollte es langsamer angehen. Der Boden war gefliest, das Wischen konnte warten.

Wenn ich nur wüsste, wie die Glotze angeht. Beim Fernsehen konnte ich immer gut einschlafen. Kaum hatte ich darüber nachgedacht, leuchtete der Bildschirm auf und zeigte mir eine endlos erscheinende Liste von Auswahlmöglichkeiten. Ich wollte mich nicht beschweren, dass die Bots meine Gedanken lasen, also dachte ich an Football. Der riesige Bildschirm zeigte, wie die Lions ins Stadion einliefen, es sollte ein schweres Spiel für Detroit werden, denn es ging gegen die Bulls. Alter, was für ein Bild. Das war fast wie dabei sein. Oder nein, das war besser: Mittendrin statt nur dabei. Ich schaltete den Massagesessel wieder ein und lehnte mich zurück. So müssen sich reiche Leute fühlen.

NEUN
DIE BIBLIOTHEKARIN

Arden Kinoforo, so war der Name der Bibliothekarin, die mir gegenüberstand. Ihre honigsüße Stimme klang wie ein Flüstern. Ich sollte später feststellen, dass sie mir verdammt ähnelte. Jetzt war sie noch eine Fremde, aber schon auf den ersten Blick war sie mir sympathisch. Ihr nackter Körper wirkte auf mich wie eine Ansammlung kopfloser Schlangen, die sich wie Rippen um einen viel zu schlanken Oberkörper wickelten. Zwei von ihnen beeindruckten mich am meisten. Sie wuchsen aus dem Kopf, wo bei mir die Tränensäcke waren, und ragten in Höhe der Schläfen jeweils etwa 20 Zentimeter in die Höhe, was ihre Schönheit noch unterstrich. Nur ihre Mundpartie und ihre Hände - wenn man davon absieht, dass sie jeweils nur drei Finger und einen Daumen haben - sahen sehr menschlich aus.

»Hallo Mike, ich bin Arden. Schön, dich endlich kennenzulernen.«

»Sehr erfreut. Nein, wirklich. Ich ... entschuldige, dass ich Sie so anstarre, aber Sie sehen so ... gut aus. Ja, das stimmt, Sie sind sehr schön.«

»Sehr schmeichelhaft, Mike. Vergiss aber nicht unseren Altersunterschied. Und lass die Förmlichkeiten.«

»Ich ... okay. Kann ich es sehen?«

»Na klar. Vielleicht sollten wir uns erst ein bisschen kennenlernen.«

»Oh ... ähm ... ich meinte das Buch. Tut mir leid.«

»Mir auch. Ihr jungen Dinger seid so leicht aus der Fassung zu bringen. Also. Ich fange an.«

Ihre ganze Erscheinung, ihre Stimme, ihre Körperhaltung luden mich förmlich ein, mich in ihre Arme sinken zu lassen. Was hatte diese ... Frau ... was machte sie so anziehend?

»Okay. Ich bin Arden Kinoforo. Eigentlich bin ich nicht für Kontakte zu anderen Wesen zu haben, aber bei dir ist das anders. Auf dich werden schon Wetten abgeschlossen. Manche sagen, dass du nur zehn Jahre brauchst, um es zu entschlüsseln, andere sagen, dass es weniger als hundert sein werden, aber in einem sind wir uns alle einig: Du wirst es schaffen. Deshalb habe ich, seit ich weiß, dass du kommst, mein Äußeres ein wenig verändern lassen. Schau!« Sie hob die Hände, zeigte sie stolz und strich sich dann über Kinn, Nase und Mund. »Ohne dieses Gesicht wäre mir die Artikulation deiner Sprache völlig unmöglich gewesen. Du musst nämlich wissen, dass es dort, wo ich herkomme, unhöflich ist, die Sprache des Besuchers nicht zu beherrschen. Ich habe viel über die Menschen gelernt. Ihr seid eine interessante Spezies, auch wenn ihr euch langweilig paart. Das kenne ich sonst nur von Käfern. Aber egal. Sag mal, ist das mit den Pheromonen in Ordnung? Findest du mich harmlos? Und dann habe ich noch eine Frage, rede ich zu viel? Ich neige nämlich dazu, sehr lange zu reden, wenn ich aufgeregt bin.« Sie zog ihre hohe Stirn noch höher, dass sich einige Falten auf der Kopfhaut des

Schädels bildeten, der ein Gehirn beherbergte, das bestimmt dreimal so groß war wie das eines Menschen.

»Arden, richtig?«

»Ja.«

»Ich kann kaum glauben, dass du dir extra für die Kommunikation dieses schöne Gesicht zugelegt hast, aber ich fühle mich sehr geehrt. Von Anfang an fand ich aber auch deine ganze Erscheinung sehr attraktiv, was vielleicht an den erwähnten Pheromonen liegt. Wenn du sie selbst ausstößt, wäre es nett, wenn du sie reduzieren würdest.«

Ihre Kopfschlangen senkten sich, sie verzog etwas ungeschickt das Gesicht zu einem traurigen Blick. »Es tut mir leid, wenn ich dich verärgert habe. Einen Moment noch. Gleich wird es besser.«

Tatsächlich verlor sie schlagartig an Reiz. Ich wollte etwas Nettes sagen, aber mir fiel nichts ein.

»Kommst du, Mike?« Sie streckte mir die Hand entgegen. »Ich zeige dir die Bibliothek. Hier gibt es so viele Bücher und Schriftrollen von der Erde, die willst du bestimmt sehen.«

»Danke, Arden. Später gerne. Aber jetzt würde ich wirklich gern einen Blick auf das Buch werfen, für das ich hergebracht wurde.«

»So sei es. Lass uns gehen.« Sie war so lieb. So etwas hatte ich schon lange nicht mehr erlebt. Ob es an ihrem hohen Alter lag, an ihrer Art oder daran, dass sie Bibliothekarin war, konnte ich nicht sagen. Es hätte auch keinen Unterschied gemacht. Auf der Erde musste man lange nach Menschen suchen, die nett zu einem waren, es sei denn, sie wollten einem eine Versicherung oder ein Diätprodukt verkaufen. Wann hatte ich das letzte Mal in einer Bar gesessen und mich einfach nur unterhalten? Nach Peggys Tod hatte ich mich völlig zurückgezogen. Ich wollte nicht, dass jemand merkt, wie traurig ich war. Aber im Moment hielt sich meine Trauer in Grenzen. Das lag zum einen daran, dass eine unglaublich spannende Aufgabe auf mich wartete, und zum anderen an Ardens Herzlichkeit.

»Arden?«

»Ja, Mike?«

»Ich möchte dir sagen, dass ich mich freue, dass du mich so herzlich empfangen hast.«

»Soll ich die Pheromone noch etwas reduzieren?«, fragte sie mit einem besorgten Unterton.

»Nein«, lachte ich. »So ist es gut. Darf ich fragen, zu welcher Spezies du gehörst?«

»Ich dachte schon, du fragst nie.« Sie blieb stehen und streckte sich, was sehr stolz aussah. »Ich bin die Erstgeborene der Golgor-Xyrianischen Friedenszucht. Das heißt, meine Eltern wurden im Reagenzglas gezeugt, um sich dann zu vermehren. Das ist eine übliche Prozedur, wenn verfeindete Planeten der Allianz beitreten. Auf Golgor, dem Wasserplaneten, lebten Wesen, die du für Elefantenkraken gehalten hättest. Während euch das Aussehen der Xyriani, die bei euch in Roswell abgestürzt sind, bekannt ist, wobei deren Körper eher nur organische Hüllen sind. Deshalb wurde bei der Zucht auch nur der stabilisierende, Sauerstoff atmende Körperteil nachgebildet. Die winzigen Bots stammen aber alle von Xyriani ab und replizieren sich genauso wie die, die hier überall herumschwirren. Nachdem meine Eltern mich und zwölf weitere Nachkommen gezeugt hatten, beschloss das Allianzkomitee, die Kinder von nun an als Streitschlichter auf beiden Planeten einzusetzen. Die Geschichte geht noch viel weiter, aber ich will nur so viel erzählen: Ich wurde hierher gebracht, bevor die beiden Planeten von Rebellengruppen zerstört wurden. Obwohl das aus heutiger Sicht schon über 120.000 Erdenjahre her ist. Tja ... ich bin die letzte meiner Art.«

Sah ich Tränen aus ihren schwarzen Augen fließen? Sie waren komplett schwarz und reflektierten nur wenige Lichter aus dem näheren Umfeld. Ich räusperte mich.

»Es tut mir so leid. Du musst sehr einsam sein.«

»Nein, zumindest nicht mehr lange. Die nachträgliche Rettung meines Volkes steht unmittelbar bevor. Als ich hierher kam, wurde ich als erstes beauftragt, die Schriften und Datenbanken auf Translingua zu übersetzen. Die Sprache steht dir übrigens in deinen Bots zur Verfügung. Du brauchst nur etwas zu denken und dir dann wünschen, dass es in Translingua in die Datenbanken übertragen wird. So einfach ist das. Also, gehen wir.«

»Aber wie können die Xyrianer dann erst vor relativ kurzer Zeit auf der Erde gelandet sein? Du sagtest etwas von 120.000 Jahren, richtig?«

»Genau. Fast alle Spezies, die die Dimensionalität der Raum-Zeit-Materie-Energie verstehen, haben irgendwann begonnen, andere Planeten zu besiedeln. Die Xyriani haben damals zwar ihren Heimatplaneten verloren, wurden aber nicht völlig ausgelöscht. Dennoch ist es das höchste Ziel der Allianz, jedem Individuum, das jemals existiert hat, das Geschenk des ewigen Lebens zu bringen. Nicht alle nehmen es an, aber darüber sollten wir ein andermal sprechen.

Wir gingen tatsächlich ... etwa eine halbe Stunde ... was sich viel besser und kontrollierbarer anfühlte, als plötzlich wieder quantenverschoben an einem anderen Ziel anzukommen.

»Ich habe gehört, du liebst Kaffee.«

»Ja, Arden, aber hier gibt es nur so etwas Ähnliches.

Auf der Gelber Fleck hatte ich einen holografischen Kaffee. Der war so lecker.«

»Zeigst du mir nachher, wie man einen brüht?« Sie beugte sich zu mir herüber. »Es ist ein großer Vorteil, wenn man Zugang zu den Kopierprotokollen hat. Ich habe uns einen ganzen Sack Arabica-Bohnen kopiert. Haha, das macht Spaß.«

»Geniale Idee. Das geht so einfach? Warum habt ihr mich nicht kopiert?«

»Glaub mir, bei lebender Materie macht das nur eine Riesenschweinerei.«

»Okay.«

Ich war schon in vielen Antiquariaten auf der ganzen Welt und habe dort Bücher gesehen, die in einem erbärmlichen Zustand waren. Doch die, die ich hier bisher gesehen habe, sahen alle neu aus.

»Das muss ein Irrtum sein. Ich dachte, wir wären in einem Antiquariat«.

»Das ist das Antiquariat. Die Bücher sind über die Jahrhunderte zerfallen und wir konnten sie nicht retten, aber mit Hilfe der Zeitkoordinaten und Geopositionen konnten wir die meisten von ihnen wiederherstellen. Sie wurden alle kurz nach ihrer Fertigstellung kopiert.

»Ein Scan, der die entferntesten Universen und Zeiten erreichen kann?«

»Ja. Aber du kannst dir den bürokratischen Aufwand vorstellen, den wir für einige Arten betreiben müssen. Unzählige Verhandlungen laufen noch.«

»Verständlich. Auf diesen alten Schriften basieren Religionen und Wertvorstellungen. Da möchte man nicht unbedingt jemanden hören, der sagt, dass es eigentlich ganz anders war.«

»Nicht nur das. Manche versuchen, im Austausch für alte, begehrte Schriftstücke, Veränderungen ihrer Geschichte zu erhalten. Nicht auszudenken, wenn solche Völker selbst das Zeitreisen beherrschen würden.«

»Das wüssten wir nicht«, sagte ich, obwohl ich mir immer noch nicht sicher war, ob ich das mit der Zeitreise und ihren Auswirkungen auf eine mögliche Zukunft verstanden hatte.

»Genau. Wir könnten uns nicht wehren. Komm weiter. Siehst du das Regal da vorne?«

»Ja.«

»Geh näher ran. Was siehst du?«

»Ich ... warte. Wenn ich raten soll, was das für ein Material ist, tippe ich auf die Schale einer mir unbekannten Frucht. Es muss eine sehr große Frucht gewesen sein. In die Schale sind Fäden aus verschiedenen Materialien eingewoben. Aber das ergibt keinen Sinn.

»Warum?« »Sie verfault. Das kann man an einigen Stellen sehen. Hier und hier zum Beispiel.« Ich zeigte auf zwei Stellen an einer der Schalen.

»Das hast du gut beobachtet. Was meinst du, wie viele Schalen hier lagern?«

»Keine Ahnung. Tausende ... Millionen?«

»Ein paar Millionen schon, und keine davon ist verfault. Was du hier siehst, sind Gebetsbriefe einer Nonnengilde aus Ozmirrkatoo. In dieser Kultur war es das Abendgebet einer Nonne, das sie im Laufe des Tages auf eine Bullbeerenschale gestickt hatte, denn dort, wo sie herkamen, herrschte das oberste Gebot des Schweigens und Betens, wie wir es übrigens in vielen monotheistischen Kulturen finden. Auch auf der Erde hat es viele Orden des Schweigens, Betens und Arbeitens gegeben. Für uns als Bibliothekare hat es große Vorteile, wenn ein Wesen zum

Schweigen gezwungen wird. Irgendwie will es sich mitteilen. Das taten diese Nonnen mit ihren täglichen Früchten. Wir haben viel über Ozmirrkatoo gelernt, aber leider können wir dieses Wissen nicht nutzen, weil wir noch keine Allianz mit ihnen geschlossen haben. Aber wir bleiben dran. Zum Glück müssen wir zwei uns aber nur um die Entschlüsselung von Schriften kümmern.«

»Woher wusstet ihr von den Obstschalen? Die waren doch alle vergammelt.«

»Es gibt sehr viele raumfahrende Spezies, die andere Planeten besuchen oder sogar überfallen. Wenn es ein wissenschaftlicher Besuch ist, gibt es meistens Logbücher. So war es auch in diesem Fall. Der Rest war einfach. Wir mussten nur das Rad der Zeit zurückdrehen, um es einfach auszudrücken. Sie blieb vor einem großen Metalltor stehen. »Bleib bitte einen Moment da stehen. Scan!« Mehrere grüne Lichtstrahlen erfassten uns. Gleich darauf löste sich das Tor in Luft auf.

ZEHN
K UND O

Aufgeregt wanderten meine Augen durch den Raum, der nichts mehr mit einer Bibliothek zu tun hatte. Es war eher ein Labor, in dem viele verschiedene Spezies mit der Arbeit und der Analyse dieses einen Dokuments beschäftigt waren. Seit Hunderten von Jahren hatte man versucht, dieses Buch zu verstehen, wie Smith mir erzählt hatte. Alle Methoden hatten ins Leere geführt. Kritische Blicke empfingen mich. Die Anwesenden arbeiteten schweigend weiter. Hier und da wurde geflüstert, aber ich ließ mich nicht ablenken. Ich wollte es endlich sehen. Wir gingen durch mehrere Schleusen direkt darauf zu.

»Da es sich um das Original handelt, müssen wir sehr vorsichtig damit umgehen. Unsere Wissenschaftler haben es immer wieder restauriert und so präpariert, dass es lange Zeit überdauern kann. Aber das Material ist trotzdem sehr brüchig.«

»Gibt es digitalisierte und durchleuchtete Bilder?«

»Ja. Die einzelnen Arbeitsplätze sind mit Replikaten ausgestattet, die auf subatomarer Ebene rekonstruiert wurden. Es sollte keinen Unterschied zum Original geben.«

Wir blieben vor einem großen durchsichtigen Kasten stehen.

»Darf ich?«, fragte ich und hob den Deckel leicht an.

»Sei bitte sehr vorsichtig.«

Ich setzte meinen ersten prüfenden Blick fort, sah all die vielen unbekannten Zeichen und war innerhalb von Sekunden völlig vertieft. »Hallo du! Du hast alle hier ganz schön verwirrt, oder?« Ich merkte, dass Arden mich mit schräg gehaltenem Kopf von der Seite ansah.

»Du redest auch mit ihnen?«

»Du auch?«

»Ja. Ich dachte, ich wäre die Einzige, die ein bisschen verrückt ist.«

»Mit verrückt hat das nichts zu tun. Ich finde, dafür, dass sie uns eine Geschichte erzählen, dass sie uns ihre Geheimnisse anvertrauen, verdienen sie unseren Respekt.«

»Ja, das finde ich auch. Es ist wie ein Dialog.« Offenbar hatte sie mein angedeutetes Kopfschütteln bemerkt. »Was ist denn? Habe ich etwas Falsches gesagt?«

»Nein. Es ist nur ... Ihr testet mich. Das Buch liegt verkehrtherum.«

»Quatsch. Das kann nicht sein. Hast du schon was entschlüsselt? Ich meine, die Analysen haben anhand der Neigung der Schrift und der erkannten Schreibrichtung diese Ausrichtung als richtig ermittelt. Wir sind uns da absolut ...«

»Gut, das würde bedeuten, dass dieses Zeichen kein weinendes Auge ist, obwohl es genau so aussieht. Diese Träne hier tropft nach oben. Außerdem haben wir hier, hier und hier lustige kleine Männchen, die auf einer Kugel stehen und nach oben zeigen. Das macht natürlich nur Sinn, wenn man das Buch umdreht. Darf ich?«

»Bitte, sei sehr vorsichtig.«

»Das bin ich immer.« Ich hob das Buch hoch, drehte es um 180 Grad und legte es behutsam wieder hin. »Das Papier und der Einband fühlen sich eigenartig an. Ist das überhaupt Papier?«

»Spürst du das? Wir haben sowohl organische Materialien als auch Glasfasern und Kunststoffe gefunden. Die Beschaffenheit der Seiten und des Einbands erwecken den Eindruck, als wären sie für die Ewigkeit gemacht.«

»Das macht Sinn. Die Form der Schrift ähnelt keinem System, das ich kenne, aber ich glaube, dass sie von einer menschlichen Spezies geschaffen wurde. Ich weiß, es klingt vielleicht eitel, aber das Buch fordert mich auf, den einfachsten Assoziationen zu folgen, die mir zu den einzelnen Schriftzeichen in den Sinn kommen.«

»Warum sollte das eitel klingen?«

»Ich weiß, wie lange du an diesem Werk gearbeitet hast. Jetzt kommt der einfache Mike von der Erde und erklärt, dass das Buch verkehrt herum liegt.«

»Ich bin keineswegs verletzt. Ganz im Gegenteil. Nur der erste Eindruck und die auf dem Kopf stehenden Figuren ... das Auge ... dass wir das nicht selbst gemerkt haben, ist unverzeihlich.«

»Manchmal sieht man den Wald vor lauter Bäumen nicht.«

»Was hat das mit Wald zu tun?«

»Das ist ein altes irdisches Sprichwort.«

»Aha. Ja, ich verstehe. Wir waren so mit unseren wissenschaftlichen Analysen beschäftigt, dass uns die kindliche Herangehensweise gar nicht in den Sinn gekommen ist.«

»Genau. Albert Einstein hat mal gesagt: Wenn man etwas nicht einfach erklären kann, hat man es nicht verstanden.«

Wir standen eine Weile vor dem Buch. Dann klappte ich vorsichtig den Deckel zu. »Lass uns einen Kaffee brühen.«

»Das ist eine sehr gute Idee. Gleich danach zeige ich dir dein persönliches Exemplar und die Ergebnisse unserer bisherigen Analysen. Vielleicht waren die vielen Jahre der Forschung doch nicht umsonst.«

Ich hatte den Eindruck, dass Arden doch ein wenig gekränkt war. Ich musste mir etwas einfallen lassen, um ihre jahrelange Arbeit nicht zu entwerten. Für einige der Zeichen, die ich nur auf dieser Doppelseite gesehen hatte, hatte ich bereits eine kleine Anzahl möglicher Interpretationen, aber ich konnte es ihr noch nicht sagen. Ich mochte es auch nicht, wenn damals jemand Neues in ein Team kam und sofort alles besser wusste. Ich musste meine Erkenntnisse erst mit der Arbeit des Teams abgleichen, um sicher zu sein, dass ich mit meinem Ansatz auf dem richtigen Weg war. Wenn sich das bestätigte, würden wir das Buch bald lesen und verstehen können.

Wir machten uns wieder auf den Weg durch die endlosen Säle der Bibliothek. Wie gerne hätte ich mir hier und da ein paar besonders schöne Exemplare angeschaut, aber dafür war jetzt keine Zeit. Es galt, ein Dokument zu entziffern. »Konntest du das Alter des Buches bestimmen?«

»Was schätzt du?«

»So etwas habe ich noch nie gesehen. Es muss viele tausend Jahre alt sein.«

»Wenn ich es dir sage, wirst du es für unmöglich halten, aber unsere bisherigen Untersuchungen haben ergeben, dass dieses Buch älter als vier Milliarden Jahre ist.«

»Das kann nicht sein, die Erde ist erst viereinhalb Milliarden Jahre alt.«

»Ja, aber dieses Material, seine Zusammensetzung, stammt nicht von deiner Welt.«

»Es wurde von Wesen eines anderen Planeten gemacht?«

»Nicht von irgendeinem anderen Planeten, sondern von einem Planeten mit einer hoch entwickelten Zivilisation.«

»Reden wir hier über eine verlorene Welt?«

»Ich fürchte, genau das ist es.«

»Verloren.«

»Ausgestorben. Keine Spur mehr von ihr. Es wurde vor vielen Jahren in unsere Bibliothek gebracht, nachdem einer der leidenschaftlichsten Sammler gestorben war. Leider ist es uns bisher nicht gelungen, den Weg des Buches zurückzuverfolgen, denn die Diebin, die es ihm verkauft hatte, verstand es ausgezeichnet, ihre Spuren zu verwischen. Wir wissen nur, dass es eine Frau war. Genau deshalb müssen wir herausfinden, was in dem Buch steht.«

Die Schriftzeichen in dem Buch ergaben plötzlich noch mehr Sinn. Ich hatte noch nie eine solche oder ähnliche Schrift gesehen. Es war eine Kombination aus Bild- und Schriftzeichen, die wie eine Mischung aus Kyrillisch und japanischen oder koreanischen Schriftzeichen aussah. Daraus konnte ich ein Profil der Wesen ableiten, die dieses Buch geschrieben hatten. Sie waren humanoid, aber keine Menschen. Sie waren den Menschen sehr ähnlich, aber sie konnten nicht von der Erde sein. Ich wusste nicht, was ich davon halten sollte.

»Okay, Mike. Wie macht man den Kaffee richtig?«

»Mal sehen, was wir hier haben.« Ich sah mich in dem Raum um, den ich in Gedanken betreten haben musste. Er war gemütlich eingerichtet und hatte eine richtige Küche.

»Du hast ein bisschen mehr als nur den Kaffee kopiert, oder?«

»Das merkt keiner. Ich wollte es so echt wie möglich haben. Also habe ich die ganze Küche eines italienischen Baristas kopiert.«

»Das muss eine Menge Energie gekostet haben.«

»Energie, Zeit, Materie ... alles ist eins. Die Protokolle sind gelöscht. Es ist ein Privileg, Bots zu haben, die weiter entwickelt sind als diese hier.« Arden deutete durch den Raum und mir wurde wieder bewusst, dass diese kleinen Dinger überall waren. Hoffentlich mischten sie sich nicht in meinen Kaffee. Erst jetzt fiel mir die Barista-Maschine auf. Ein ähnliches Modell wie das, das ich vor vielen Jahren in einem Kurs bedienen durfte. »Damit kann ich arbeiten.« Arden reichte mir eine Blechdose, aus der ich das vertraute Geräusch ungemahlener Bohnen hörte. Die nächste Stunde war Meditation pur und versetzte Arden und mich in Verzückung. Echter Bohnenkaffee in dieser Qualität hat einen ganz besonderen Zauber.

»Sehr lecker, Mike. Vielen Dank. Ich wusste nicht, was man alles falsch machen kann. Das ist wirklich eine Kunst für sich.«

»In Italien war ich im Vatikan. In der Nähe der Sixtinischen Kapelle gibt es mehrere kleine Cafés. Eines davon ist weltberühmt. Da bin ich hingegangen und habe den besten Kaffee der Welt getrunken. Der in der Holowelt zählt nicht. Ich habe den Barista damals gefragt, ob es ein Geheimnis gäbe, und er hat mir gesagt, das Geheimnis sei, die Bohnen morgens zu mahlen und erst dann den Espresso daraus zu machen. Wenn man den Espresso abends oder nach dem Mittagessen zubereitet, schmeckt er nie gut«.

»Das ist interessant.«

»Ich weiß nicht, ob ich es richtig gelernt habe, aber ich

dachte immer, dass Kaffee frisch und so schnell wie möglich zubereitet werden muss.«

Ich bemerkte, dass Arden immer unruhiger wurde. Wir beschlossen, das Labor zu besichtigen. Wieder gingen wir durch das ganze Museum. Es gab einige interessante Ausstellungsstücke, aber nichts konnte uns von unserem Gespräch ablenken.

»Weißt du eigentlich, was es heißt, unsterblich zu sein?«

»Woher soll ich das wissen? Ich habe bis vor ein paar Tagen ein ganz normales Leben als Sterblicher geführt.«

»Es gibt ein paar Dinge an der Unsterblichkeit, die mich manchmal zweifeln lassen, ob sie ein so großes Geschenk ist.«

»Ich könnte mir einen Grund vorstellen. Irgendwann wird es langweilig.«

»Langweilig? Niemals! Ich habe noch keinen Tag erlebt, an dem ich nichts Neues entdeckt habe. Außerdem bist du nicht dazu verdammt, den Rest deines Lebens in deinem Körper zu verbringen. Du kannst dir einen anderen aussuchen oder deinen anpassen lassen.«

»Wirklich? Wenn ich dich zum Beispiel in tausend Jahren wiedersehen würde, würden wir uns wieder erkennen?«

»Lenk bitte nicht ab. Ich glaube, ich würde dich wiedererkennen. Du hast eine sehr starke Persönlichkeit, die würdest du auch in einen neuen Körper mitnehmen.«

»Ich sollte nicht ablenken. Also, was lässt dich zweifeln?«

»Ich kann mir gut vorstellen, dass du in den wenigen Jahren deines Lebens mit der Zeit gelernt hast, die Ereignisse anders zu bewerten. Das ist ein unausweichlicher Prozess. In jungen Jahren hast du noch nicht erlebt, wie es ist, sich auf einen Partner einzulassen.

Später wirst du wählerisch und entscheidest aufgrund deiner Erfahrungen. Das ist bei fast allem so. Sogar bei der Tasse Kaffee, die wir vorhin zusammen getrunken haben. Das war für mich ein erstes Erlebnis ... das erste seit langer Zeit. Aber es war nicht das beste Getränk, das ich je getrunken habe. Meine Erlebnisse gehen mir immer wieder durch den Kopf. Immer wenn ich an meinen ersten Schultag oder an meinen ersten Lebenspartner denke, erinnere ich mich vage daran, wie intensiv diese Momente waren. Mein Gedanke ist, dass es immer schwieriger wird, sich unvoreingenommen auf neue Wege einzulassen, wenn die Erfahrungen dagegen sprechen«.

»Ja, das verstehe ich. Und es wird dir wirklich nie langweilig?«

»Natürlich nicht. Ich habe mich in den letzten Wochen mit deiner Sprache und deiner Kultur beschäftigt. Weißt du, wie viel es da draußen zu entdecken gibt? Wir brauchen nur eines der Bücher zu nehmen und schon kann die abenteuerliche Reise durch die Zeit losgehen.«

»Das ist zwar sehr spannend, aber mir ist es zu wenig haptisch.«

»Ach, da sagst du was. Wusstest du schon, dass wir uns in jede beliebige Raum-Zeit-Koordinate versetzen können? Das wird dann, wie bei deinem Transferflug von der Erde, ein sehr haptisches Erlebnis. Dazu brauchen wir nur genaue Koordinaten. Stell dir vor, wie ein Zeitdetektiv nach der Quelle unseres Buches zu suchen.«

»Das könnte spannend werden. Darf ich es ausprobieren?«

»Du willst zu ihr.« Da hatte sie mich erwischt. Wäre es so schlimm, ihr noch einmal dabei zuzusehen, wie sie vor dem Computer sitzt oder einen ihrer kitschigen Romane verschlingt?

»Wäre das in Ordnung? Nur kurz.«

»Du bist ein freier Mann. Setz dich lieber irgendwo hin, bevor du nach der Tour umfällst. Die Holo ist noch realistischer als auf dem Schiff.«

»Das kann nicht sein. Das war schon absolut realistisch.«

»Du wirst keinen Unterschied zu dem wirklich erlebten Moment feststellen, wenn du es aus deiner Perspektive sehen willst.«

»Das wäre sehr schön.«

»Ich glaube, du wirst dich gleich an unser Gespräch erinnern, aber du solltest deine eigene Erfahrung machen.« Sie streichelte mir sanft über die Wange. »Ich werde auf dich warten und dann für dich da sein, wenn du mich brauchst.«

»Wie aktiviere ich es?«

»Du musst nur daran denken, dass du es willst. Dann passiert es automatisch. Die Bots hören immer zu.«

»Das erinnert mich an die Wanzen von Apple und Co.«

»Wanzen?«

»Später. Bis gleich.« Ich schloss die Augen und dachte an Peggy, die auf unserem Sofa saß, sich an mich lehnte und eine ihrer Schmonzetten las. »Wie komme ich zurück?«

»Bist du eingeschlafen, Schatz?« Das war Peggys Stimme.

»Ich ... nein, meine Rose.« Ich beschloss, dass es besser war, diesen Moment nicht zu verändern. Ich konnte später mit ihr reden. »Vielleicht bin ich kurz eingenickt.«

»Es ist ein langweiliges Spiel. Ich werde nie verstehen, was du daran findest.«

»Vielleicht hast du recht.« Ich nahm die Fernbedienung und schaltete den Fernseher aus.

»Liebst du mich noch?«

»Peggy Eastwing. Ich liebe dich bis in die Unendlichkeit und zurück.« Eine erste Träne bahnte sich ihren Weg. Eigentlich hätte Peggy mich jetzt geküsst.

»Stimmt etwas nicht, Mike? Warum siehst du mich so traurig an?«

»Ich...« Ich konnte nicht antworten, fing stattdessen an zu heulen wie ein Schlosshund bei Vollmond. Holt mich hier raus, ihr verdammten Dinger, dachte ich, als würde ich einen Befehl in einen Computer tippen. Aber sie hörten nicht auf mich, bis ich mir sagte, ich will einfach nur weg von hier. Ein letzter Blick auf Peggys besorgtes Gesicht und schon veränderte es sich, wurde grau. Ich sah ihre wunderschönen Lippen und fiel ihr in die Arme.

»Ist schon gut. Nächstes Mal bist du vorbereitet, Mike.« Arden strich mir über den Rücken. Es tat so gut, von einem echten Wesen umarmt und getröstet zu werden. Scheiß auf virtuelle Welten.

Ich brauchte ein paar Minuten, um mich in ihren Armen zu beruhigen. Arden schien die Umarmung lösen zu wollen. Das war zu früh. »Bitte, nur noch einen Moment«, flüsterte ich und zog sie an mich. Sie ließ es zu.

»Lass dir Zeit, Mike. Du entscheidest, wann du mich loslässt.« Das tat ich dann auch nach kurzer Zeit. Zum Dank hauchte ich ihr einen Kuss auf die Wange. Es war mehr ein Reflex. Sie griff sich ans Gesicht und starrte mich an.

»Oh mein Gott. Ich wollte ... ich meine, es war ein Reflex ... Bitte, ich wollte dich nicht in Verlegenheit bringen.«

»War das ein ... Kuss?«, fragte sie mit viel sanfterer Stimme als zuvor.

Ich nickte schüchtern, zog die Schultern hoch und seufzte ein: »Sorry?«

»Nein, es hat sich seltsam angefühlt. Da war so viel Wärme in mir. So langweilig seid ihr Menschen wohl doch nicht.«

»Können wir das bitte vergessen? Ich ... es ist mir peinlich.« Am liebsten wäre ich im Boden versunken.

»Mike, es muss dir nicht peinlich sein. Ich fand es schön. Es war eine der Erfahrungen, die ich zum ersten Mal in meinem 731-jährigen Leben gemacht habe. Küsse sind schön.«

»Du bist 731 Jahre alt und hast noch nie geküsst?«

»Und ich wurde noch nie geküsst. Meine Geschwister wären nie auf die Idee gekommen, und meine Eltern kamen aus dem Labor. Sie waren absolut gefühllos. Also dieses Küssen, Mike. Das gefällt mir. Darf ich es auch mal versuchen?«

»Vielleicht später, Arden. Komm, lass uns jetzt das Buch anschauen.«

»Nein, Mike. Ich will lieber küssen!« Um ihrer Forderung Nachdruck zu verleihen, stampfte sie mit ihrem Alienfuß auf den Boden.

»Oh mein Gott, was habe ich getan? Na gut, aber nur ein kleines Küsschen.«

»Mund auf Mund.«

»Du bist überhaupt nicht schüchtern. Na gut. Versuchen wir es.« Kaum hatte ich das gesagt, umschlangen mich ihre Arme und einige ihrer Schlangententakel wickelten sich um meine Arme und Beine. Sie drückte ihre Lippen auf meine. Es fühlte sich wunderbar an. Ihr Mund öffnete sich leicht, dann strich sie mit der Zungenspitze über meine Unterlippe und begann zu kreisen. Jetzt überkam es auch mich. Sicher hatte sie wieder etwas mit ihren Pheromonen angestellt.

* * *

»Arden Kinoforo, was hast du mit mir gemacht?«

»Sind wir jetzt zusammen?«

Ich musste lachen und richtete mich auf: »731 Jahre alt und benimmt sich wie ein Mädchen aus der Highschool. Arden, du bist so süß.«

»Du auch, Mikey.«

»Sag mal, könntest du deine Hormone etwas runterfahren? Ich würde jetzt wirklich gerne nach dem Buch sehen.«

»Du zuerst.«

»Was meinst du?«

»Du sollst zuerst deine Hormone runterfahren, sonst ist es unfair.«

»Ich habe nicht die Möglichkeit das zu steu…«

»Mikey. Du musst noch viel über deine Bots lernen. Wenn du heute an eine schöne Frau denkst, sorgen deine Bots dafür, dass du sie bekommst, wenn du verstehst, was ich meine.«

»Dann habe ich das ausgelöst? Scheiße, tut mir leid. Ich kann das steuern? Wie?«

»Denk einfach, dass du nicht besonders attraktiv bist.«

Ich bemühte mich, dachte an meine krummen Zehen, meine vielen Falten, meinen alten Körper.

»Danke. Das reicht. Jetzt schaffe ich es bestimmt.«

»Wie konnte das nur passieren? Ich kann dir ehrlich sagen, es gibt keine Worte …«

»Lass gut sein, Mike. Erstens finde ich Menschensex jetzt nicht mehr langweilig. Das können wir irgendwann noch mal machen. Zweitens solltest du deine Scham ablegen. Der Sexualtrieb ist etwas ganz Natürliches und jeder darf ihn ausleben. Es ist ein gegenseitiges Geschenk.

Mir hat es übrigens sehr gut gefallen. Am besten fand ich das Küssen. Habe ich das schon gesagt?«

Während ich meine Kleidung zusammensuchte und mich anzog, sah Arden mir zu und begann gleich darauf wieder das Gespräch, als wäre nichts passiert: »Mike, in der Datenbank befinden sich einige unserer Ansätze, die Sprache zu entschlüsseln. Aber es gibt keinen Zusammenhang zwischen den verschiedenen Zeichen. Es sieht fast so aus, als hätte jede Seite ihre eigene Sprache, die sich von den anderen extrem unterscheidet. Eine Sequenz schien Sinn zu geben, wenn man sie allein betrachtete, aber sobald wir die Teilstücke miteinander verbinden wollten, scheiterten wir.«

»Wenn es bei mir auch so läuft, gehe ich von einer Verschlüsselung aus. Vielleicht habt ihr eine Art Codeschlüssel übersehen.«

»In all den Jahren sollen wir etwas übersehen haben?«

»Ihr habt es nicht entschlüsselt. Denk allein an die Tatsache, dass es sich um ein Buch handelt, das man einmal um 180 Grad drehen muss, um es vielleicht zu verstehen.«

»Okay. Du hast recht. Vielleicht sollten wir ganz von vorne anfangen.«

»Das wäre dumm. Ich würde gerne wissen, was ihr bis jetzt gemacht habt.«

»Das wird aber schon ein paar Monate dauern, es dir im Detail zu erklären.«

»Ich habe Zeit, wir haben Kaffee und es gibt keinen Termin, oder?«

Sie lächelte, und ich ahnte, was sie dachte, also dachte ich wieder daran, dass meine grauen Haare wie Stroh aussehen mussten. Ich wollte sicher sein, dass sich meine Hormone beruhigt hatten.

Wieder nahm sie mich bei der Hand und ging mit mir zum Labor. »Mike?«

»Ja, Arden?«

»Ich bin sehr glücklich.«

»Ich auch, Arden.« Oh, mein Gott. Was mache ich nur? Ich wollte mich doch nie wieder mit einer Frau einlassen, weil ich sie immer nur mit Peggy vergleichen würde und das war alles andere als fair, denn gegen meine Peggy hatte keine eine Chance. Obwohl ... sie war ja eigentlich gar keine Frau, sondern nur eine Alienfrau.

* * *

Nach ein paar Tagen im Holo erschien mir die Realität so fade, wie eine billige Kopie der realen Welt. Ich konnte inzwischen die Aliens verstehen, die sich so oft wie möglich verschoben, anstatt mit ihren Füßen durch diese triste Welt zu gehen. Im Holo musste man nur an etwas denken, und schon war es da. Die Bots hatten eine sehr schnelle Reaktionszeit. Das war neu für mich und eine unglaubliche Arbeitserleichterung. Arden und ich beschlossen, unsere Arbeitszeit einzuteilen. Die erste Hälfte des Tages verbrachten wir gemeinsam im Archiv-Holo und diskutierten die unzähligen Ergebnisse der letzten Jahrhunderte. Am Nachmittag versuchte ich, das Buch auf eigene Faust zu entziffern. Schon am dritten Tag fiel mir eine Regelmäßigkeit auf, die kein Zufall sein konnte, aber noch keine logische Erklärung zuließ. Ich sah, dass auf jeder Seite des Buches am Rand Augen abgebildet waren, die sich auf den ersten Blick alle voneinander unterschieden. Ich erinnerte mich an Ardens Aussage, dass es in dieser Zukunft eine viel intelligentere Form der Analyse geben würde, ähnlich dem Deep Learning meiner Zeit. Ich wünschte mir, das Holo würde alle Seiten des Buches im Raum verteilen. Dann fing ich einzelne Augen mit meinen Fingerpointern ein, die sich ähnlich verhielten wie die kleinen Controller in den VR-Brillen meiner Zeit. Jedes Mal, wenn ich eines der Augen ... sagen wir mal ... berührte, also mit dem Pointer traf, wurden alle Seiten, auf denen dieses Auge nicht abgebildet war, ausgeblendet. Durch Drehen an diesem Fokuspunkt konnte ich die Erkennungsgenauigkeit verändern. Auf diese Weise habe ich einige Stunden lang verschiedene Kombinationen ausgeblendet. Ein Symbol kam auf vielen Buchseiten vor, ein anderes nur auf sieben. Hatte ich hier etwas entdeckt? Irgendetwas musste an diesen sieben Seiten besonders sein. Ich versuchte, Gemeinsamkeiten oder eine Ordnung zu erkennen. Das Auge, das ich von nun an Siebenauge nannte, wirkte irgendwie streng. Ob es wohl irgendwelche Verbote waren? Auf den Seiten sah ich mindestens eine gezeichnete Figur, bei der ein Körperteil dunkel übermalt war. In anderen Büchern hatten sich solche Zeichnungen als Bestrafungsmethoden herausgestellt.

Mit dem Ansatz, die Augen als eine Art Schlüssel oder Seitenzahl zu erkennen, beschloss ich, mich ausschließlich auf sie zu konzentrieren. Für die weitere Entschlüsselung war später noch Zeit. Bisher hatte ich außer dem Siebenauge keine Gemeinsamkeiten zwischen den verschiedenen Seiten feststellen können. Ich wünschte mir also, dass auf allen Seiten des Buches nur die Augen zu sehen wären. Alles andere lenkte mich jetzt nur ab. Ich erschrak, denn jetzt war es fast zu einfach. Wieder musste ich die Anweisung an die Bots in einen Wunsch umformulieren, also wünschte ich mir, dass die Augen als Zahlensystem zu verstehen seien. Da die Anzahl der Augen auf den Seiten unterschiedlich war, wünschte ich mir die einfachste logische Darstellung der Zahlen eins bis sieben. In unvorstellbarer Geschwindigkeit blitzten die Augen auf, dann ordneten sich die Seiten neu und ich konnte ohne Übersetzung ein Muster erkennen, das einem binären Zahlencode ähnelte. Dabei spielte es keine Rolle, wo auf der Seite ein Auge zu sehen war. Entscheidend war der emotionale Eindruck, den sie vermittelten. Einige sahen traurig aus, andere glücklich, weitere zornig. Auf der ersten Seite war ein glückliches Auge zu sehen. Die zweite zierte ein zorniges Auge. Auf der dritten Seite waren beide Augen zu sehen. Auf der vierten Seite dagegen wieder nur ein weinendes, gefolgt von fünf (weinend, glücklich), sechs (weinend, traurig) und auf Seite sieben alle drei. Vielleicht wollten die Erschaffer sichergehen, dass nicht irgendwer ... Was dachte ich da? Das würde Arden und alle um sie herum als unwürdig abwerten. Konnten hochkomplex denkende künstliche Intelligenzen keine Lösung finden, ohne dass ein Mensch sie lenkte? Wenn dem so war, dann hieß das vielleicht im Umkehrschluss, dass die Botschaft nur für Humanoide meiner Art bestimmt war. Ich wünschte mir, dass alle anderen Seiten nach ähnlichen Mustern durchsucht würden. Nach geschätzten zwei Minuten waren die Bots fertig. Das Buch lag nun in sortierter Seitenreihenfolge vor mir. Irgendwie hatte ich das Gefühl, dass es noch nicht richtig war, aber auf jeden Fall besser als vorher. Ich musste es unbedingt Arden erzählen.

* * *

»Puh...« Mir war schwindelig. Vielleicht hatte ich zu viel Zeit im Holo verbracht, vielleicht war es die Rückkehr in diese, hoffentlich reale Welt. Ich wusste es nicht. Als ich wieder einigermaßen auf den Beinen war, lief ich aufgeregt durch die langen Gänge auf der Suche nach Arden. Es wäre einfach gewesen, meine Bots um Hilfe zu bitten, aber meine Gespräche mit Arden hatten gezeigt, dass wir hier ähnliche Ansichten hatten. Die Technik war nützlich, aber sie beraubte uns unserer natürlichen Sinne. Also folgte ich meiner Intuition, dass sie in der Küche sitzen würde, und traf sie dort an. Sie war in ein Buch vertieft und hatte eine Tasse Kaffee vor sich stehen. Ich ging zu ihr und küsste sie zärtlich auf die Wange. Lächelnd blickte sie zu mir auf und begrüßte mich: »Hallo, mein Schatz«.

»Hallo, Arden. Ich habe einen riesigen Durchbruch. Die Seiten, sie waren in der falschen Reihenfolge.«

»Das ist großartig. Erzähl mir mehr.« Sie legte das Buch auf den Tisch. Es war ein Roman von einer meiner Lieblingsautorinnen. »Diese Nnedi schreibt sehr bildhaft. Ich fühle mich verbunden.«

»Warum liest du ausgerechnet sie?«

»Wir haben gestern über sie gesprochen.«

»Ich kann mich nicht erinnern, dass ich … Ach ja, jetzt fällt es mir wieder ein. Es ging um Erstkontakte.«

»Mike?«

»Ja. Arden.«

»Würdest du dir wünschen, dass ich mehr wie eine menschliche Frau aussehe?«

Ich überlegte kurz und kam zu dem Schluss, dass die Anziehung, die sie auf mich ausübte, vor allem mit ihrer Intelligenz und ihrer Art, mit mir zu kommunizieren, zu tun hatte. »Ich mag dein Aussehen sehr. Du hast dir ein menschliches Gesicht machen lassen, weil du meine Sprache ohne die Hilfe von Bots beherrschen wolltest. Nein, Arden. Für mich bist du perfekt.«

»Wirklich?«

»Ja. Ich mag es, wenn du dich um mich schlängelst und

an mich schmiegst. Dann fühle ich mich sehr geborgen.« Inzwischen hatte ich die Kaffeemaschine vorbereitet und sah zu, wie das schwarze Gold in unsere Tassen floss. »Willst du nicht wissen, was ich herausgefunden habe?«

»Ich bin sehr neugierig, aber die vielen Jahre der Forschung haben mich das Warten gelehrt.« Sie schob einen Stuhl heran und lud mich ein, mich zu ihr zu setzen. »Und, was hast du entdeckt?«

»Es sind die Augen. Sie stellen ein Zahlensystem dar und nummerieren die Seiten.«

»Wie funktioniert das?«

»Ist euch bei der Analyse der Seiten aufgefallen, dass es insgesamt sieben Seiten gibt, auf denen ein Augensymbol zu finden ist, das auf keiner anderen Seite vorkommt?«

»Das haben wir tatsächlich gesehen, aber nicht weiter verfolgt, weil wir davon ausgegangen sind, dass es Zufall ist. Wir fanden ähnliche Symbole. Es gibt 43 verschiedene Symbole im ganzen Buch, aber wir konnten sie nicht in eine Reihenfolge bringen. Außerdem wirkt die Anzahl der Buchseiten, die es zu den jeweiligen Ausprägungen gibt, zufällig verteilt. Manche kommen nur einmal vor, andere dreimal, oft gibt es fünf Seiten mit dem gleichen Symbol, aber nur einmal sieben Seiten. Aber auch das kann Zufall sein, denn Augen sind nicht hundertprozentig gleich. Sie haben verschiedene Variationen. Wir haben unseren Fokus deshalb auf die Lösung anderer Phänomene gerichtet.«

»Das ist ja interessant.«

»Was meinst du?«

Ich stellte ihr die Tasse hin, nicht ohne wie zufällig über ihre Hand zu streichen.

»Als ich der Sache mit den Augen nachgegangen bin, hatte ich das Gefühl, dass die Männchen, bei denen jeweils ein Körperteil geschwärzt war, für mich aussahen, als würden sie eine Strafe bekommen. Ich wollte dem nachgehen, merkte dann aber, dass ich meinen ursprünglichen Fokus verloren hatte und verfolgte wieder die Augen. Es wurde einfach, als ich den Rest ausgeblendet hatte.«

Sie trank einen Schluck frischen Kaffees und lächelte zufrieden. »Ich kann mir gut vorstellen, dass du Recht hast. Wir haben uns hunderte von Jahren im Kreis gedreht.«

»Vielleicht sollten wir uns das sortierte Buch gleich gemeinsam ansehen.«

Sie stellte ihre Tasse ab. »Unglaublich, dass ich in all den Jahren nicht daran gedacht habe, dieser Spur nachzugehen ...«

»Bitte, Arden. Mach dir keine Vorwürfe. Ich glaube, in diesem Buch steckt viel mehr, als uns bewusst ist. Könnte es sein, dass nur ein Mensch verstehen kann, wie man ihm seine Geheimnisse entlockt?«

»Warum sollte es ein Mensch sein? Verzeih mir, aber wenn ich mir euren Entwicklungsstand ansehe, dann ... Oh. Das war taktlos.«

»Nein. Das ist schon in Ordnung. Ich weiß, dass mir hier alle überlegen sind, oder vor meiner Anpassung waren. Ohne die Bots hätte ich auch nicht herausgefunden, was es mit den Augen auf sich hat, aber ich denke, dass die Leute, die dieses Buch geschrieben haben, vielleicht auch Menschen waren.«

»Das würde doch alle Evolutionstheorien über den Haufen werfen, oder?«

»Auch das glaube ich nicht. Schließlich gibt es Zeitreisen. Es ist doch egal, wer zuerst gelebt hat.«

»Du meinst, das Buch wird vielleicht erst in deiner Zukunft geschrieben?«

»Möglich. Dann hat es jemand in die Vergangenheit

gebracht. Oder jemand ist in irgendeine Vergangenheit gereist und hat das Buch dort geschrieben.«

»Klingt verrückt, aber ich mag Verrücktes.« Sie trank ihren Kaffee aus und erhob sich. »Ich will es sehen.«

Arden betrachtete das Buch nun schon seit einigen Stunden. Ich hatte auch meine eigenen Gedanken verfolgt, aber es bereitete mir mehr Vergnügen, ihr dabei zuzusehen, wie sie sich in jede Seite vertiefte und dabei behutsam ihre Kopfschlangen als Zeiger benutzte. »Mike, das bringt uns wirklich viel weiter. Ich bin erstaunt, dass wir anhand der Augen eine Reihenfolge erstellen konnten, die auch die 43 verschiedenen Nuancen des - wie nanntest du es gleich? - Siebenauges enthält. «

»Ich weiß, das ist vielleicht ein blöder Name, aber...«

»Nein, es ist genial. Ich glaube, dein Siebenauge ist eine Art Decoder für den Rest des Buches. Wir sollten versuchen, auf den sieben Seiten nach weiteren Besonderheiten zu suchen. Vielleicht hast du noch eine Idee?«

»Lass uns die anderen Seiten ausblenden und das Siebenauge vergrößern.« Die anderen Seiten verschwanden, lösten sich in Luft auf und machten Platz für die vergrößerten Augen.

Ich erschrak. Zum zweiten Mal an diesem Tag entdeckte ich etwas, das anscheinend noch niemand zuvor gesehen hatte. Die Schriftzeichen unterschieden sich in ihrer Art und wirkten zunächst wie willkürlich zusammengewürfelte Texte. »Arden, du wirst es nicht glauben, aber ich habe ein weiteres Muster entdeckt. Darf ich es dir zeigen?«

»Auf jeden Fall! Diesmal kann ich dabei sein und dir

zusehen.« Sie klang wirklich begeistert. Wenn das so war, dann war alles in Ordnung. Ich hatte immer noch das Gefühl, sie furchtbar zu kränken, weil ich Zusammenhänge erkannte, die sonst niemand zu sehen schien. Ich wünschte mir, dass alles, was auf den Seiten nicht halbwegs wie ein kyrillisches Zeichen aussah, ausradiert würde. Wieder drehte ich meine Finger, bis ich das Gefühl hatte, jetzt klar sehen zu können. »Siehst du es?«

Arden blickte aufmerksam auf die nun halb leeren Blätter, aber außer einem enttäuschten »Nein« sagte sie nichts. Ich beschloss, ihr noch etwas Zeit zu geben.

»Schau dir die Größe der einzelnen Zeichen an und achte auf die Proportionen.«

»Das habe ich gemacht. Was stimmt mit den Proportionen nicht? Was meinst du?«

»Ich bin mir nicht sicher. Aber ich kann ein paar Dinge erkennen. Schau dir dieses Zeichen an. Es sieht aus wie ein kyrillisches F. Gleich daneben ist ein kyrillisches U.«

»Ja, das sehe ich. Aber was ist mit diesen Zeichen?«

»Auf fünf der Seiten sind diese Zeichen gleichförmig und haben die gleichen Proportionen, richtig?«

»Ja. Ich sehe, dass sie ... Moment mal. Auf der dritten und siebten Seite sehen sie ein wenig zusammengedrückt aus. Auch andere Zeichen sehen irgendwie verzerrt aus.«

»Genau, Arden. Was müsste passieren, damit sie wieder eine Einheit mit den anderen Schriftzeichen bilden?«

Arden lief auf und ab. »Ich versuche etwas.« Die beiden Buchseiten veränderten ihren äußeren Rand. Die Schriftzeichen wurden in eine weniger verzerrte Form gebracht. Das kyrillische U am linken Rand der dritten Seite sah nun fast so aus wie auf den anderen Buchseiten. Auch das F hatte nun eine bessere Form. Offenbar ließ

Arden nun die KI den Rest erledigen, denn die Zeichen leuchteten nacheinander auf und wurden mit denen auf den proportional richtigen Seiten verglichen.

Der Prozess war beendet und die Seiten drei und sieben hatten nun eine fünfeckige Form.

»Der Teufel soll mich holen.« Ich hatte wieder eine Idee. Es schien kein Zufall zu sein, dass die Buchseiten nun zu einem Prisma zusammengesetzt werden konnten. Die Seiten drei und sieben bildeten die Ober- und Unterseite. Die anderen fünf Buchseiten wurden der Reihe nach als Seitenwände positioniert. Ich wusste, dass die Buchseiten in dieser Form angeordnet werden sollten, aber wo sollte ich anfangen?

»Warte, ich habe eine Idee!« Arden übernahm. Die Buchstaben verschwanden, stattdessen tauchten die Augen wieder auf. »Ich hab's!« Diesmal konnte ich an ihren Gesichtszügen erkennen, dass sie voller Stolz war. Ihre Körperhaltung glich nun der, die sie eingenommen hatte, als sie mir von ihrer Herkunft erzählt hatte. »Sieh, auf der oberen Seite drei. Da sind zwei Augen. Hier links ist das glückliche Auge und etwas weiter unten sehen wir das zornige Auge. Wenn ich die erste und zweite Seite darunter lege, erkennen wir genau, dass sich Augenpaare bilden.« Sie ließ nur die ersten beiden Seiten und darüber die dritte Seite als Verbindung erscheinen. Ich erkannte, dass sich die Augen tatsächlich zu Paaren verbanden. Gleich darauf drehte sie die Form um 180 Grad und positionierte nun das vierte Blatt neben Seite zwei. »Ab Seite vier muss man eigentlich die Blätter umdrehen, ich habe einfach das Prisma gedreht. Das kommt auf das gleiche raus. Die vierte Seite hat ein weinendes Auge. Und das passt genau zu dem weinenden Auge auf Seite sieben. Siehst du? Da kommt die Seite fünf rein und da kommt die Seite sechs rein. Fertig.«

»Das sieht wirklich gut aus, aber was machen wir jetzt damit?«

Arden sah mich lächelnd an: »Ich habe keine Ahnung.«

Ich ging noch einmal um das Objekt herum, das mir jetzt irgendwie fertig vorkam. »Vielleicht sollten wir das Siebenauge einblenden.« Kaum hatte ich darüber nachgedacht, erschien das Auge auch schon auf jeder Seite. »Vielleicht sollten wir die Seiten jetzt durchsichtig machen. Und das Objekt rotieren lassen ... langsamer. Zwischen den Siebenaugen Verbindungslinien einblenden. Jedes Auge mit jedem verbinden. Stopp.« Das machte keinen Sinn. »Verbinde das Siebenauge auf Seite eins mit dem auf Seite sieben. Arden! Wir müssen herausfinden, welche Siebenaugen auf den fünf Seiten zusammengehören. Wir sollten nur zwei Linien zeichnen. Welche Fläche fällt weg?«

»Das ist einfach. Die vierte fällt weg.«

»Warum bist du dir da so sicher?«

»Vier, fünf und sechs haben alle ein weinendes Auge, das es auf der ersten und zweiten Seite nicht gibt. Deswegen...«

»Genau! Deshalb sind ohne das weinende Auge...«

»... die Paare genau zu erkennen. Es ist so kompliziert, aber bei dir sieht es ganz einfach aus.« Die Linien von Seite eins auf die fünfte und von Seite zwei auf die sechste wurden eingeblendet. Jetzt kreuzten sie sich alle an einer Stelle. Was auch immer diese markierte.

»Gut, sehr gut. Aber was machen wir mit dem siebten Auge?«

»Ich würde das so machen, Mike.«

Ich sah, wie sich eine weitere Linie durch den Schnittpunkt der drei sich kreuzenden zog und an einer Stelle der ersten Seite wieder austrat. »Was hat das wohl zu bedeuten? Vielleicht ist es eine Art Sternenkarte, aber wo sind die Bezugspunkte? Ich glaube, wir haben etwas Wunderbares entdeckt, aber es könnte auch ein großer Zufall sein.«

»Sag das nicht Mike. Was wir hier tun, es ...«

»Was denn? Was ist es?«

»Ich hatte gerade eine Idee.« Sie ging langsam um das Prisma herum und ließ nach und nach Zeichen ein- und ausblenden. »Das muss es sein. Moment mal. Ich lasse die Datenbanken analysieren. Das kann eine Weile dauern.« Das Bild verschwand.

»Was ist passiert?«

»Genug für heute, Mike. Lass uns ein bisschen entspannen.«

»Du glaubst doch nicht, dass ich jetzt einfach gehe. Wir kommen gut voran. Ich will weitermachen.«

»Wir machen ja weiter. Hör zu. Ich habe mir diese Schriftzeichen schon einige Jahre angesehen, aber gerade ist mir eine Idee gekommen, die vielleicht hilft, die Herkunft unseres Schriftstücks zu deuten.«

»Das wäre toll, sagst du es mir?«

Arden lächelte: »Was bekomme ich dafür?«

»Oh, da will aber jemand Spielchen spielen. Das kannst du haben. Mal sehen ...« Ich erinnerte mich daran, dass Arden ein unglaublich langes Leben hatte und es nur interessant fand, wenn sie etwas Neues erlebte. »Ich bringe dir ein Würfelspiel von der Erde bei.«

»Ach, ich weiß nicht. Würfelspiele sind langweilig.«

»Ich habe es immer mit Peggy gespielt. Es ist langweilig, das kann sein, aber es geht nicht so sehr um das Spiel, sondern darum, gemeinsam Glück zu erleben und zu empfinden.«

»So klingt es interessanter. Okay.«

»Okay, dann erzähl mir mal, was du der KI aufgetragen hast.«

»Zuerst das Spiel ... und einen Kaffee ... und vielleicht ein bisschen küssen.«

»Ich sehe schon, du weißt, wie du zum Ziel kommst.«

* * *

Wir saßen an unserem Lieblingsplatz in der Küche. Arden war nicht mehr zu bremsen. Neben dem köstlichen Kaffee küssten wir uns lange und innig. Diesmal war es genussvoller und zärtlicher als bei unserem ersten wilden Sex. Ich spürte, dass hier eine tiefe Verbundenheit wuchs.

»Kniffel!«, rief sie überglücklich, als ihr fünfter Würfel wie gewünscht vier Augen zeigte.

»Soso, Würfelspiele sind langweilig. Glückwunsch, Arden. Du hast zum dritten Mal hintereinander gewonnen.«

»Danke, mein lieber Mikey. Es macht mich sehr ...« Sie hielt inne und wirkte in sich gekehrt. »Komm, die Analyse ist abgeschlossen. Es gibt ein Ergebnis, das dich umhauen wird.«

»Verrätst du mir jetzt, was du getan hast?«

»Ja, entschuldige, ich habe über die Freude am Spiel völlig vergessen, dich aufzuklären. Die Schriftzeichen, die wir im Buch gesehen haben, ließen sich nicht in eine Sprache verwandeln. Sie sahen wie wild zusammengewürfelt aus und hatten keine eindeutige Bedeutung.«

»Ja, bis auf die Symbole.«

»Genau. Die tauchen an unterschiedlichen Stellen auf und lassen schon eher eine Interpretation zu. Aber jetzt habe ich die Bots gebeten, das Prisma aus verschiedenen Blickwinkeln zu betrachten und zu versuchen, Schriften und eine - mit meiner Vermutung lag ich völlig richtig - Sternenkarte zu erstellen. Wir werden in Kürze wissen, woher und wannher das Buch kommt.«

»Wannher?«

»Ach ja, ihr kennt die Temporalgrammatik noch nicht. Ich meinte, aus welcher Zeit es kommt oder kommen wird.«

»Das ist ja toll. Ich bin gespannt.«

Schnell gingen wir durch die großen Säle und ließen all die unerforschten Bücher an uns vorbeiziehen. Nur dieses eine Buch interessierte uns.

»Das ist ja ...« Weiter kam ich nicht. Das Prisma drehte sich vor uns und blieb jeweils bei zusammengehörenden Augen stehen. Dazu hörten wir Stimmen, die auf seltsame Weise wie ein Chor klangen, der aber nicht sang, sondern eher wie ein Gebet klang.

»Diese Sprache. Sie klingt, als käme sie von Menschen, Mike. Aber es ist keine der Sprachen, die ich in den letzten Jahren gelernt habe. Außerdem gibt es keine vergleichbare Sprache in den Datenbanken.« Arden tanzte fast, als sie um das Prisma herumging. »Die Schallwellen wurden sichtbar, als die KI das Objekt in eine Kugel verwandelte. Das Prisma zeigt tatsächlich eine Sternenkarte. Und einen Text, der gerade entschlüsselt wurde. Schauen wir ihn uns gemeinsam an, während die Bots die Sprache weiter entschlüsseln. Es sollte nicht länger als zwanzig Minuten dauern.

Vor meinen Augen blieb das Prisma stehen und zeigte einen geordneten Text, der zunächst aus Runen bestand und sich in Englisch verwandelte, als ich es mir wünschte.

Die Kleinste braucht keinenVerehrer, denn sie ist der Göttin am nächsten.

Die Zweite ist so heiß wie keine andere, bleibt aber stets allein,

doch ist die Hoffnung gleich die Nächste, wenn auch umschwärmt von einem.

Die größte ist aus leichten Stoffen, hat der Verehrer viele,

gefolgt von einer zweiten, mit neun weniger im Spiele.

Die nächste lässt es kalt, kann sie aus 27 wählen.

Die Träumerin muss als letzte sich mit 14 Tänzern quälen.

Oh Freude, dass diese Wunderpracht von Göttin K und O gemacht.

Hast du gut mitgezählt? Denn die eine, meine Heimat, fehlt.

Noch ein Rätsel. Es bäumte sich in mir auf. Noch nie in meinem Leben hatte ich mich so am Ziel gefühlt wie jetzt, als die Schrift lesbar wurde. Jetzt stand ich da und war genau so schlau wie vorher.

»Verstehst du den Text, Mikey?«

»Ich kann ihn lesen, aber für mich klingt das nach einem Rätsel, das wieder hunderte von Antworten haben kann. Können die Bots denn nichts rausfinden?«

»Vielleicht hilft uns die Übersetzung der Audionachricht?«

»Lass mal hören.« Wieder formte sich der Sprechchor in meinem Kopf.

»Bei den zwei Göttinnen, denen wir dienen, mögen uns unsere Gebete führen.

Schweig und nutze nur dein Interface, sonst wird O dir deine Zunge nehmen.

Hilf deiner Schwester zu jeder Zeit, weil O dich sonst von deiner Hand befreit.

Entsage jeder Lust, die nur deinen Körper quält, da O dir sonst die Lust vom Leibe schält.

Faste und verzichte wo es geht auf eine Portion, sonst macht O aus deinem Leib eine Notration.

Diene den Göttinnen K und O, sonst schlägt die Mutter deinen Po.

Bete täglich diesen Gruß, sonst nimmt O dir einen Fuß.

Suche nach dem Sinn der 42 Verse, die die Kunde bringen, die euch mit den Götterflügeln in die Heimat schwingen.«

Ich hörte die Botschaft wieder und wieder ab, doch es änderte nichts daran, dass ich auch hier nicht so recht verstand, was das zu bedeuten hatte. Mutter? Schwester? Zwei Göttinnen. Eine von beiden scheint für die Strafen zuständig zu sein. Ich erinnerte mich an die Darstellung der Figuren auf den sieben Seiten des Buches, die wir hier studierten. Es waren Gebote und brutale Strafen, wenn sie nicht befolgt wurden.

»O scheint nicht die freundlichste Göttin zu sein.«

»Nein, bei weitem nicht. Hast du eine Ahnung, wie das alles zusammenpasst?«

»Höchstens eine Vermutung, Mikey. Der letzte Satz scheint eine Verbindung zum Rest des Buches herzustellen. Das schließe ich aus der Zahl 42.«

»Ja, könnte sein. Hat der Text vielleicht auch etwas mit der Heimat zu tun... Moment. Das ist es, Arden. Ich glaube, es geht um mein Sonnensystem.«

»Wie kommst du darauf?«

»Es ist ...«

* * *

Wie ein Blitz hat es mich getroffen. Woher kommen plötzlich diese Schmerzen? Mein Körper fühlt sich alt an. Und was stinkt hier so? Ist das Reinigungsmittel? Vielleicht auch Desinfektionsmittel? Schritte! Das Summen von Neonröhren. Verschwommen sah ich einen Kopf. Er gehörte einem Mann, der mir mit einer Taschenlampe in die Augen leuchtete. Geblendet kniff ich die Lider zusammen, aber er zog sie auseinander, bis er fertig war.

»Guten Morgen, Mr. Westwing. Wie geht es Ihnen heute? Sie sind ja wieder völlig durchgeschwitzt. Haben Sie gut geschlafen? Seit einer Woche haben wir die Medikamente etwas reduziert. Es kann sein, dass Sie noch Orientierungsschwierigkeiten haben, aber das wird sich in den nächsten Tagen legen.«

»Wer ... Arden?« Mein Kopf schmerzte, mein Hals kratzte und meine Stimme war leise. Ich hatte einen pelzigen Geschmack im Mund. »Wo ... bin ich?«

»Mr. Westwing. Sie scheinen schon wieder alles vergessen zu haben. Sie sind im Johns Hopkins Hospital. Ich bin Dr. Stephenson, Ihr behandelnder Arzt. Sie hatten vor zwei Monaten eine psychotische Episode. Die Polizei hat Sie zu uns gebracht, weil Sie ihnen von einer Zeitmaschine in einem ehemaligen Baumarkt erzählt haben. Sie wurden mitten auf der Autobahn aufgegriffen. Nackt!«

»Der ... Hilti-Laden.«

»Ja, kann schon sein. Aber gestern waren Sie besser drauf. Da haben Sie sogar gemalt. Ich wusste gar nicht, dass Sie das so gut können.« Er deutete auf zwei Zeichnungen, die an der Wand hingen. Die eine zeigte einen lilafarbenen Außerirdischen, den ich noch nie gesehen hatte. Die andere zeigte eine Tafel mit Runenzeichen. Darunter hingen wilde Notizen. »Können Sie sich daran erinnern?«

»Ich... Nein. Das war alles nicht echt?«

»Mr. Westwing. Ihre Frau wird Sie heute besuchen. In ein paar Wochen, wenn Sie gut eingestellt sind, können Sie wieder nach Hause in Ihre gewohnte Umgebung. Ich rufe gleich den Pfleger. Er wird Ihnen beim Waschen und Umziehen helfen.«

»Meine ... Frau ... ist nicht tot?«

»Nein, Mr. Westwing. Ihre Frau Peggy war in den letzten Wochen jeden Tag hier, um nach Ihnen zu sehen, aber meistens haben Sie ihre Besuche verschlafen. Und gestern mussten wir Sie sedieren, nachdem Sie versucht haben, uns wegzulaufen.«

»Ich verstehe ... nicht.«

»Da sind wir schon zwei. Sie haben die ganze Zeit etwas von Sibirien erzählt und uns die Koordinaten da genannt.« Er deutete auf einen meiner Zettel an der Wand. »Dann wurde es richtig verrückt. Sie sagten, eine fremde Spezies sei mit mehreren Raumschiffen auf der Erde gelandet und nur hier, um uns auszurotten.« Er kam auf mich zu und hielt meine Hand - ich dachte, er wollte mich beruhigen, aber er fühlte meinen Puls und sah auf die Uhr. »Mr. Westwing. Sie haben eine unglaublich blühende Fantasie, deshalb träumen Sie so intensiv. Ihre Erkrankung ist Ihnen ja bekannt. Im Moment fällt es Ihnen noch schwer, die reale Welt von Ihren Träumen zu trennen, aber die Medikamente brauchen noch ein paar Tage, bis sie richtig eingestellt sind. Ich denke, wir werden die Dosis heute noch etwas erhöhen.

»Dr. ...«

»Stephenson.«

»Okay, Dr. Stephenson. Kann ich ... bitte etwas zum Schreiben haben?«

»Liegt da vorne. Ich sehe, Sie haben Ihre Skills nicht vergessen.«

»Ja. Ich werde ... mir ein paar Notizen machen, über das, was ich ... erlebt habe.«

»Sie meinen geträumt.«

»Meinetwegen ... geträumt.«

FORTSETZUNG FOLGT, ES SEI DENN, DIES IST DIE FORTSETZUNG.

DAS IST BEI ZEITREISEN SO EINE SACHE, ÄHNLICH VERHÄLT ES SICH MIT PSYCHOSEN.

Printed in Germany
by Amazon Distribution
GmbH, Erfurt

10777419R00054